島語 02
Isle Talk

# 假如戰爭明天來：我在東引做二兵

江昱諺 著

# 目錄

## Part ④ 八十年來台灣男孩寫不完的大兵／二兵日記



## Part ⑤ 東引，東引（有時還有香港）

## 附錄

## 編者序　新世代的役男日記不再是《報告班長》

何欣潔　離島出版社總編輯

蔡英文宣布，二〇二四年元旦開始，台灣義務役延長到一年。

這是二〇二〇年以來，台灣「戰爭危機」情勢的延伸。自那一年起，《經濟學人》將台灣稱為「世界上最危險的地方」，台灣面臨解放軍戰爭威脅這件事情，開始變成國際間的熱門話題。

對此，多數人的直覺想法是：光憑台灣，不足以與解放軍對抗，因此需要以美國為首的外援，但美國的態度也很清楚，台灣要自己展現自我防衛決心，才有可能（但不保證）獲得外國的援助。

因此，台灣民間開始出現各式民防訓練的討論，也有許多民間社團推出訓練課程。一時之間，訓練體能、學習包紮救護、認識防空洞等課程，如雨後春筍般誕生，實實在在地反映了台灣人在淡定外表下的戰爭焦慮。

然而，國防終究是國家高權，也需要以國家爲尺度來推行，才有可能眞正見效。蔡英文以推行國防改革來因應，除了延長役期，還要改良軟硬體設施，改變訓練方式。蔡英文直白地說，知道許多人覺得，過去在台灣當兵是「浪費時間」，她保證，這樣的情況會被改變，她與國防部將動手給兵役制度整骨。

台灣社會對兵役，並不陌生。台灣人被徵兵、拉伕的歷史，可以溯及日本殖民統治末期。一九四四年，面對白熱化的太平洋戰爭，日本內閣決議，殖民地台灣人民也有服兵役之義務，台灣總督府於隔年全島實施徵兵檢查，並以《義勇兵役法》規定，十五歲至六十歲之男子及十七至四十歲之未婚女性，皆有義務接受徵召與服役。

戰後，台灣擺脫殖民地的命運不久，便捲入國共內戰漩渦，中華民國政府延續徵兵制度，存續至今。這對於台灣人民不分男女的生命週期與性別體，都產生了重要影響。（詳見高穎超的論文〈做兵、儀式、男人類：台灣義務役男服役過程之陽剛氣質研究〉，二〇〇六）

一九九〇年代開始，隨著兩岸情勢和緩、走向接觸開放，兵役逐年縮減，在馬英九政府時期來到最短。然而，情勢再度變換，役期又恢復延長。

面對役期長短的變化，在解嚴後出生、新時代的役男，究竟怎麼想？目前看到的文本與專訪，還不算太多。大家對於「台灣役男」的文本印象，大概還停留在電影《報告班長》、連續劇《新兵日記》等階段。然而，新時代的戰雲正起，從軍男孩的想法或許早已跟上個世代不同；再者，他們在成長階段接收的民主自由與性別平權思想，會怎樣改變他們看待兵役的角度呢？

在這其中，江旻諺的答案卷，是相當特別的一張。

一九九六年出生的江旻諺，高中畢業後，以七十五級分的優秀成績獲獎學金赴香港留學，成爲香港大學經濟學系的新生。落地才不到一週，香港爆發雨傘運動，他加入香港大學重要刊物《學苑》擔任副總編輯，成爲香港社會運動的港大社群中，幾乎是唯一一個、也是最受信任的台灣學生。

他完整經歷了香港反送中運動爆發前的各種關於政治、社會的前途辯論，他在香港第一線體會中港關係的緊張與中國政治的變化。他的政治思想十分清晰，他在返台之後，擔任台灣民間團體「經濟民主連合」的研究員，要求台灣政府立法防止中資入侵。香港反送中運動爆發後，他公開投入支援與救援的行動，成爲港人在台的重要節點。

研究所畢業那一年，江旻諺與每一位體位合格的台灣役男一樣，收到了兵單。新訓結束後，他自願前往馬祖東引服役，用不一樣的身分，站在邊境線上，持續追問：在新的地緣政治、新的中國政治局面之下，台灣可以怎麼走？

然而，這也不是一本如此「硬」的書。在這當中，還是有亙古不變的「當兵瞎事」環節，只是增添了二十一世紀的風味。身爲經過社會運動洗禮的直男，江旻諺還會思考「軍人作爲職業與親密關係經營」、「軍隊對周邊社區女性性騷擾」等「非典型當兵話題」，可說是把台灣的「大兵日記」這一古老的文類，翻出了帶有一點黑色幽默感、又有一定性別意識的新篇章。

更重要的是，讀者也可以從江旻諺的視角，清楚體認到，民主、自由與尊重個人主體性的風潮，終究讓台灣軍隊文化與軍旅生活，變得與過去不大相同。

# 推薦序

## 台灣軍隊的當代角色

周永康　香港專上學生聯會前祕書長、加州大學柏克萊分校地理系博士生

《假如戰爭明天來：我在東引做二兵》是一本有趣的田野考察，記錄了江昊諺於台灣馬祖東引服義務役的過程。

以江昊諺的背景而言，一位在台灣成長，港大受教，經歷香港社會運動高潮迭起，回到台灣升學研究，未來可能成爲學術研究者、政策執行者或其他行業翹楚，心繫港台未來的年輕人，到底會如何看待在台灣服兵役的經驗？

又，當地緣政治的變動促使美國政策圈、智庫、軍方都十分關注台灣的國防

備戰處境，美國在東亞盟友的協防策略，以及台灣政壇對於軍備及兵役改革的討論，都在在令我對於江旻諺於兵役期間所做的田野調查之細節，充滿好奇、疑惑、困頓、徬徨及焦慮的目光。

江旻諺於書中提及台灣軍旅源起於國民黨在二十世紀初創辦的黃埔軍校，曾具有濃厚的反共元素。但台灣政府於二戰後的軍備改革、兵役設計，以及台灣社會這些年的經濟發展、工業化、去工業化等歷程，進一步形塑並改變了台灣現代軍隊的訓練，而這也是江旻諺在服役過程中所目睹的前線訓練和軍旅日常。

對於一個未經歷過台灣兵役，甚至任何兵役的香港人而言，閱讀江旻諺的台灣軍旅日記，得到的不僅僅是窺密探奇的樂趣。同時還讓我進一步開始思索，現代軍隊的歷史社會源起、存在意義、改革空間，以及在當前地緣政治危機下，兵役制度到底扮演了什麼樣的角色，又能夠擔起怎樣的國防要務，並左右未來地緣政治衝突的路徑？

台灣的現代軍隊，相對於其他國家的現代軍隊而言，可以如何比較？孰優孰劣？其優劣之軍事演化，與二戰前後的地緣政治衝突、科技發展、戰爭勝負，是否存在各種各樣的因果關係？上述問題，都是我在閱讀此書時，經常浮現的疑惑與思索。

俄烏衝突所帶來的人命傷亡，以至烏克蘭政府衛生部部長評估近三至四百萬烏克蘭人口患有創傷後壓力症候群（Post-traumatic stress disorder, PTSD），促使烏克蘭國會議員促請歐盟考慮將受到影響的烏克蘭人，納入尚在臨床試驗階段的迷幻精神科藥物（psychedelic）病人，做治療診斷。去年年底，美國國會共和黨議員 Dan Crenshaw 及民主黨議員 Alexandria Ocasio-Cortez 成功聯手推動議案，促成聯邦政府撥款予醫療及大學機構，加快迷幻精神科藥物的臨床實驗，使其盡快成爲合法藥物，應用於被診斷出患有 PTSD 的前軍人、性侵犯受害者及抑鬱症病人。

軍備戰爭於國土之爭、民族榮辱存亡，固然是唇齒相依；但戰火瀰漫於受影響族群的精神創傷、身體殘缺，以及不少精神心理治療師關注的跨世代創傷（inter-generational trauma），亦是戰爭後遺症。不少精神心理治療師皆引用經歷大屠殺的猶太族群之後裔的研究，指出其後代在表觀遺傳學（epigenetics）的生理抗壓反應能力，都稍遜未曾經歷大屠殺的研究參與者。

本人作爲香港離散族群、被逼流亡身處異地的成員之一，亦目睹因爲政治鎮壓、衝突、分離而引起族群成員的生理及心理創傷，以及延續其祖父輩因晚清帝國崩塌、軍閥割據、二次大戰、國共內戰及文代大革命等政治暴力引致的個人、家庭與社會創傷。

台灣的現代軍隊先是大清帝國崩塌後的自衛武裝革命產物，繼而成爲國府遷台的白色恐怖機器，再到如今殘存或轉型爲守護台灣作爲主權國家的現代軍隊。而除了守住台灣海陸國界，抵禦共產黨軍隊入侵，這支軍隊還能在台灣的本土民主社會及浪花迭宕的地緣政治之間，扮演什麼政治、社會、軍事、國防或民主治理角色？

江旻諺的田野考察，提供了一些線索，上述的問題，更有待江旻諺一代的政治實踐者，爲這些深刻而嚴峻的政治、軍事、歷史、社會制度、社群心理及民主治理課題，提出深邃的解答。

# 前言

我想憑藉我對台灣戰備的關懷，並且從邊緣的體制位置，重新書寫這座軍隊體制的組織文化與困境。

# 前言　我只是一名義務役二等兵

二〇二二年底，蔡英文總統提出兵役改革方案當天，我在臉書上，用即將入伍服義務役的身份，公開支持這項改革。當時我引述蔡總統的話，「相信每一位國民都有一顆熱愛國家的決心。我們爲了心愛的人，將不計代價保衛家園。」我說，「這是對的。」

我衷心期盼，改革方向不僅僅是正確，還能眞正強化戰備，爲台灣帶來長治久安。其實，當下的我，心底對改革成效抱有諸多質疑。畢竟我聽聞過太多案例，太多同輩的年輕人抱怨當兵是在浪費時間，也就是拔草、掃廁所，或不具受訓意義地出公差。更別說，那些用親近中共的行爲，來宣揚投降主義的中華民國國軍退役將領。這些現實的問題，個別都能夠牽扯出一拖拉庫的結構因素。講得更多，似乎只是一再地打擊士氣，反覆用現實的麻煩來困擾自己——我們擁有一座軍隊，但這座軍隊卻不屬於我們。

當下的我，實在不想用更多酸言酸語來回應這波改革契機，因爲，我不知道，我們還剩下多少時間？假若台灣軍事改革沒辦法成功，改革成效大打折扣，屆時，失敗的後果還是要由我們自己來承受。

二〇二二年的烏克蘭戰役令我們明白，獨裁者的專斷足以導致侵略戰爭。事前有這麼多「理性」分析，終究還是誤判普丁企圖奪取烏克蘭領土的執念。台灣雖不等於烏克蘭，但是習近平正猶如我們終將要面對的普丁。在歷經反送中運動後，國際社會都已親眼見證，習近平如何扭曲香港制度，並殘酷地鎮壓追求自由民主的香港人。況且，併吞台灣主權，自始都是中共政權的陽謀。

或許在特定的國際地緣政治因素下，國際強權曾經選擇和中國修好；對民主制度懷有敵意的中國政府，因此也能轉身一變，成爲國際社會的好朋友。然而，對於台灣人的利益而言，無論地緣政治格局未來如何轉變，歷史給我們的啟示總不外乎是：謹愼地備戰，有效地籌組戰備資源，從來都是我們面對中國侵略的唯一選項。

在蔡英文說明改革的記者會不久前，我先前所任職的公民團體「台灣經濟民主連合」也提出過一套兵役改革倡議方案。比起總統的做法，這套方案主張更加多元的服役方式，也就是涵納義務役爲主體的國土防衛部隊，以及組織更多公民的防災救災訓練。這些改革方案的細節說來複雜，對我而言，根本之道卽在於，讓台灣社會不分男女、不論職業、不談階層高低，共同誠實地面對戰爭危機；台灣人都應該在戰爭期間最大化自身貢獻，並在災難來臨期間，參與進彼此扶助、支援、保護的動員體系之中。

我們要事先有動員的準備與共識，才可能在關鍵時刻換來最少的傷亡，以及對於自由民主體制最大的保證。同時，改革這套動員體系的目的之一，也是爲了減少搭便車的行爲，防範公平性失衡導致社會信心大受衝擊。

所以，要怎麼說服未來服役一年的役男，讓他們投注更多青春到無聊的軍旅生活之中？至少要有一套合理制度，讓大家相信這一年的時間，確實能夠換來有效的全民動員體制；更沒有人可以擁有特權，濫用替代役取代當兵的義務。我不算是軍事專業研究者，無法精確地說清楚如何改良所有制度細節的設計。我只是一名義務役二等兵，經歷五週新兵訓練後，和當個梯次所有台灣青年一樣，抽籤分派到不同軍事單位服役十一週，而我到了東引——中華民國台灣疆域的西北方前線。我想憑藉我對台灣戰備的關懷，並且從邊緣的體制位置，重新書寫這座軍隊體制的組織文化與困境。我也想盡力把個別人物的努力與心境呈現出來，找出更多體制內改革的蛛絲馬跡，對此我仍不曉得是否能夠成功。

我傾向將本書稱作散文集，不敢說是評論，或是任何兵役改革的說帖。基於我對於軍事專業的淺層理解，我必須承認我的不足，我頂多只能當作：把親身經歷的故事，再度組織且譜寫出來。不過，我嘗試讓這些故事顯得活潑，進而親近人。畢竟這座軍隊若要眞正屬於我們大家，忠誠於台灣，並承諾於守衛自由民主的歷史使命，那麼，台灣的軍事改革除了提升多元參與的制度渠道之外，必定也要產出多元的文本，讓大家都讀得懂，也想得明白爲何軍隊的存在重要；更關鍵之處在於，對於每一個個體而言，又要如何參與對它的批判，以及批判之後，如何形塑出我們所共同期許的蛻變與進步。

江旻諺　二〇二四年一月

# Part
①

# 出發，前往國之北疆

指揮官要我們從現在開始設想，解放軍可能即日下午就宣戰攻下東引島；而我們身處前線，在海軍之前、在空軍之前，是解放軍要搶灘登陸台灣本島的前哨戰役……他說，正是因為我們同島一命，所以任何個人權益都不該被隨便犧牲。

## 爛的是黃埔精神，還是加入國軍的我們？

如果不是來當兵，我絕對不會想起二〇二三年是黃埔陸軍軍官學校建校第九十九週年。國防部政治作戰局爲此做了一套《黃埔百年》系列影集，硬是在週四莒光課的政治作戰教育時間，要求官兵重溫「百年榮光」的黃埔情懷。

想不到，將近一百年後，這批中華民國陸軍還能如此諷刺歷史。國家拿著憲法堂而皇之徵召台灣人，卻要求他們認同軍隊是爲了「挽救中國危亡的使命意志」而設立。一百年來，中國國力崛起，中華民族宣稱將走向偉大復興。如今處於危亡春秋的台灣實踐了民主，爲了守衛民主需要強化國防戰備，於是擴大軍事編制，動員甫成年的全國青年。

在黃埔軍校建校百週年之際，正值新世代的首批義務役士兵即將入伍受訓，並將役期改制成一年。看來，屆時百年校慶免不了的中華民族政戰教育，可能更勝於要台灣年輕人學習認識孫逸仙當年頒布的黃埔軍官學校訓詞；延續國軍的使命，不只是「代代黃埔人的光榮神聖責任」，更是「全體中華兒女的驕傲」。事實上，這部政戰教育影片雖說是奇葩，對此世世代代台灣人卻也難說上陌生，畢竟黃埔訓詞，等於中國國民黨黨歌，也就是當今中華民國國歌。

聽來刺耳，卻是句句眞實在二〇二三年的政戰教育影片中上演。中華民族主義如遊魂般蟄伏在軍隊裡的幽暗之處。你以爲它消失了，其實它只是融進了軍隊的骨幹之中。

政戰局每週發布的莒光課參考資料中，倒不會出現如此露骨的敵國意識形態，至少歷史敘事不會提「中國」，而是「中華民國」。平時在部隊也不至於時刻聽到「我們都是中國軍」這種震撼靈魂的號召；但是，每一個單位的中山室總還掛著孫逸仙遺照，以及他的遺囑：

**余致力國民革命，凡四十年，其目的在求中國之自由平等。積四十年之經驗，深知欲達到此目的，必須喚起民眾及聯合世界上以平等待我之民族，共同奮鬥。**

從當代的標準來看，這位老先生的文筆其實不夠精練。高中時讀三民主義，不斷被其同義反覆的辭藻阻礙閱讀。繼承他遺志的後世，進而把語言操弄包裝得更加虛浮而不切實際——中華民國國防部政戰局的影片文稿這樣寫著：「黃埔軍校的誕生，就像大地響起一聲雷，撼動人心不已，成爲有志青年，從軍報國圓夢的時代風潮。」

詠唱這套陳腔濫調的嗓音可是慷慨激昂。然而我身邊的每一個志願役士兵，幾乎都在打掃水溝、草叢、垃圾場時抱怨工作，怨氣沖天，頹喪的神情像是深怕漏了什麼細節還沒拿出來鞭策。他們且做且休息，烈陽早就烤乾了士氣，大夥覺得軍旅生活遍地鳥事，絲毫沒有成就感可言。黃埔精神綿延百年之後，最貼切的時代寫照或許要上「靠北長官」的粉專去尋找蛛絲馬跡。

顯而易見的是，受過訓而晉升的軍士官的確懷有更加穩健的心理素質。執勤時不會口出太多抱怨，且更爲格致地打點工作順序。上尉軍官有次突襲拷問了歇坐在中山室的士兵：「國軍是有很多爛事，但我們此時此刻身爲國軍，能否做出一些改變？」國軍很爛，那麼，爛的會是不符時宜的黃埔精神，還是說，爛的就正是加入國軍的自己？

台灣人似乎沒有選擇答案的機會，審判日從未降臨，我們也未曾清楚回答，既然軍隊需要被改造，這是爲百年之前的廣州黃埔革命志士而改？還是所有人皆已覺悟，準備上場應戰，且正等待另一個軍隊的精神面貌脫胎成形？那天從靶場驅車回營，班長向我們提到了戰爭時刻的來臨。我手握著步槍，槍口還是燙的。一路上風急浪大，海不平靜。

東引地形地貌少有遮蔽，戰爭一來，主要的防空設施容易遭到攻擊。若非武器遭破壞前，盡力牽制渡海的解放軍，要不就是被破壞殆盡後，剩下的陸軍部隊死守這座小島。班長的判斷十分明確：戰爭一定會發生，但端看當今中國的情勢，或許沒這麼快，很大機率不在十年之內。

車子搖搖晃晃，我感覺到他也有些忐忑：「不過，我們自己就要等老的那批下來，換我們這代上去，才能有所改變吧。至少我們不會像老的一樣，認爲台灣是中國的。」

那些滲透在骨子裡的黃埔軍魂，眞的能隨著時間自然代謝——甚至是排泄掉嗎？「但我也不確定，若換成我們，是不是就解決了，可能得輪到你們這代。」班長把話停在這。原來，比起中國攻台時程表還更不確定的麻煩，是源於我們軍隊自身的認同。

或者說，這根本不該是現在才終於發現的答案，台灣人早應承認懦弱，早就應該更直觀且明白認清楚：沒錯，比起中國軍事威脅，更爲迫切的問題是這群效忠國家的軍人，究竟爲何而戰、爲誰而戰。

## 我抽中了「金馬獎」，但過程不如既往印象

自星期一開始，將是義務役新訓最後一週，待完成鑑測後，我將轉服東引地區指揮部，下部隊成為步槍兵。未來十一週，我會在「國之北疆」渡過我的軍旅生活。

共同體有其邊際，才能支撐起有效的民主。在中華民國憲法明文尚未將「固有疆域」說明白之前，在我們國家的名字還被定位為中華民國之際，台灣的民主制度早已在台澎金馬此「固有」領土之上，反覆運作且前行不輟。我們駐軍在國土的北方門戶，抵禦中國侵略者，今年度設有士兵缺額，而我是其中之一。

我抽中了「外島籤」，但是過程不如既往印象。

以往會說是拿到「金馬獎」，後方全營歡呼，前面中籤的那位卻可能過度驚嚇而當場暈眩。兩週前，班長告知我們這梯次的外島籤只有東引島一個選項，現場不見太多私語；當他再問有無自願？立刻有人自告奮勇，毫無猶豫。

當我另外向班長表達意願，還被提醒名額有限，屆時如果太多人想要，還得針對此情況額外舉辦抽籤。結果，全營約六百人裡最終有二十一人自願前赴外島，也全數順利中籤。我沒有得到外島籤總名額的資料，但也沒有聽到連隊上有其他人「非自願地」抽中外島。

倒是班上有鄰兵心生羨慕，想和我一起到東引服役，卻礙於家人伴侶顧慮，無法成行。縮短爲四個月的役期讓他萌生「姑且一試」的動機，比起過往動輒一年，乃至兩年的兵役期程，能僅僅花上兩個半月到外島一探，竟不失爲一個好選擇，至少對於新訓士兵來說，足夠引發一些神祕的想像與好奇。

鄰兵間，公認最差的選項是留在原新訓單位的軍隊，這股情緒部分源自於對士官階層管理效能不彰的不滿。白話一點說，就是抱怨班長、士官長不公平不合理或管太多。這類情緒在第四週新訓生活中達到了高峰。

舉例而言，我所屬的排隊竟然無法順利參與抽籤。近來，連隊上爆發COVID-19和A型流感的群聚感染，一開始據傳是從第二排的士兵開始，之後陸續不少休假士兵沒有如期回營。直到週三晚，我們班上也有三名士兵出現症狀；快篩陽性後，就迅速被送出營區。

根據每次連隊集合時排頭兵的報告內容，我簡略推估，從第三週到第四週之間，一百五十六人裡至少有二十人感染COVID-19，還不計一位確診的班長。再扣除其他一般感冒者，以及出現症狀、但沒有及時到醫護所看診的休養者，直到週四下午打靶時間，全連只剩一百零八人上場，損失人數超過百分之三十。

班長通常不太願意帶班兵到醫護所，一來因爲這是額外工作負擔，二來也爲極力避免裝／生病的「道德風險」：若成功染疫，就可以實質離營「休假」。畢竟當前已無居家隔離限制，在軍中染疫，反倒是重獲自由。

班長若看士兵症狀輕微，則照三餐餵普拿疼，這樣的處理也導致開始有人不滿士官無視病情，胡亂開藥。因爲群聚感染，士官們不斷被叫去開會，氣氛也因此變得緊繃許多。

開會達成的最主要結論，就是試圖將第三排士兵與前兩排拉出一些「社交距離」，也就是命令我們隔開來排隊。我屬於第三排，別人去早點名，我們就站在連集合場發呆；別人在鋼棚下休息，我們就躲到樹蔭下；別人休假時有專車送回原居縣市，我們不能上車，只能自行轉搭計程車與公共交通工具回家。

眞正引發衝突的關鍵點在於下部隊抽籤，因爲抽籤涉及更敏感的公平性問題。前一班同爲負責保養槍枝的槍班成員，有天夜晚，他們因爲槍班工作，錯失班長的集合說明時間。直到他們回到連上，就得到一張抽籤委託書，空白文件上要他們自願放棄親自抽籤的權利，委由不知何人，來執行抽籤。

沒料到他們全班選擇抵制簽署委託書，把那疊紙放著不管。隔日午休，果然就被士官叫去訓話。措辭嚴厲，寢室裡的其他士兵遠遠聽到士官長的斥吼，紛紛從樓上探頭去聽八卦。被訓完後，他們才得到說明：原來是士官已上報群聚感染處置流程，所以「上頭」不會允許這些理應保持社交距離的第三排士兵，去地下室參與全營的抽籤活動，以避免群聚感染範圍擴大。

能不能抽籤的協調權限不在連隊上的士官，所以這不是可以「好好談」的議題，而是士官必須執行上頭命令，需「好好處理」的管理事項之一。然而，就像是中華民國固有疆域總是和國之北疆的界址位置相去甚遠，士官長的理據對比起連隊生活日常的角度看來，就像是「脫褲子放屁」。

委託書事件後隔天，我們就被帶去地下室聆聽營長談話。營長以「大家都知道第二階段部隊去哪了吧？」作爲起頭，引起我們連隊的第三排士兵在角落躁動；營長反問：「爲何你們還不知道中籤結果？」有人高喊：「我們被隔離！」營長驚呼：「隔離怎麼還在這！」

「脫褲子放屁」其實是士官長自己拿來形容這起管理群聚感染事件的用詞。他似乎也感受到，或是憑藉帶兵經驗早預想到，負面情緒將由訓斥與衝突開始，逐漸增生擴大。

他在睡前談話時，用較溫柔的語氣講到，希望現場各位士兵未來身居高位時，有能力改變目前看不順眼的地方。他說，大家來到軍隊服役，就是爲了備戰，沒人知道何時對岸會打過來，這難免帶來一些不自由與不舒服。在他的詮釋裡，他在個人職權範圍內能做到的改變實在不多，唯一有效的部分就是確實鍛鍊新兵的體能，至少在訓練課程如何操作的層次上，是他全權能掌握的。

我不太確定士官與上層軍官的溝通關係與職權界定狀況爲何，但從一次偶然事件中，也明白看到他們身處軍中，管理二兵的某種無奈。

一天中午，我們被提早半小時叫起床整隊，原因是有外部長官要來營發表談話。兩個營，也就是八個連隊的士兵與士官，超過一千兩百人在下午兩點鐘集合完畢。全部人站得直挺挺地，頂著烈日曝曬，雙眼直睜對向司令台。但是十分鐘過去了，整個營區安靜到近乎詭異的地步，長官還是沒有出現，士官們雖然呈立正姿勢也不敢輕舉妄動。這時有台垃圾車從旁駛過，奏起〈給愛麗絲〉，這是現場唯一填滿空氣縫隙的律動。

直到事態演變到幾近荒謬，輔導長出面要大家稍息，並允許活動筋骨。最後長官還是沒有準時出現，半小時後，所有新兵都被帶回連隊上，只留下大部分士官與軍官等待那位長官到來。垃圾車差不多也繞了一圈，收完了垃圾，趕在長官來臨之前，順利離開了營區。

## 想當年，你爸爸我在前線……打了好幾款手遊

要不是總統選舉年，我想大多數選民也不會發現，這些有意競選的老男人們，竟能搬出外島服役經驗當作求職履歷。台海熱戰還沒開打，郭台銘就拋出「和平宣言」；在外島當兵，不只是那個年代男人們的英勇事蹟，選舉時還能拿來增添些許自己求和，但不會委屈的正當性修辭。

不過，看看我身邊手遊成癮的弟兄，我實在很難想像，二十年後，當我的鄰兵成爲父親，把正值中二叛逆期的兒子叫來促膝長談，要如何拿軍旅事蹟來展露男子氣概？難道要說：「想當年，爸爸我在寢室裡和學長打了好幾款手遊……。」還是要像當年在洗衣房飛快地晾完衣服，趕回寢室開手機前，向弟兄們

丟下的那一句中二諍言：「各位再見！我還有未完成的主線任務！」

除了「手遊成癮的弟兄」，還有「進入精神時間屋的男人」，以及「異世界裡的勇者」，而我，時不時趴在寢具上面捧著手機打字，床頭掛著還沒全乾的迷彩服，十足安靜且場景晦暗，於是獲得了「神隱少男」之稱。

歷史上還有一個差點競選副總統的爺們叫管中閔，他也曾在東引服役。管爺早我四十四年入伍，在那個年代，軍人還能吃到滿桌的黃魚——這是他的東引筆記裡頭唯一讓我羨慕的地方。他說，黃魚季時，南澳碼頭每天都有漁船卸貨，早餐吃黃魚，午餐吃黃魚，晚餐與宵夜也全都是黃魚；退伍時，還塞了四條冷凍漁獲回家。

東引鄉公所的網站將黃魚季消失的責任歸咎於中國漁船過度捕撈。我相信此言不虛。從我到東引以來，停泊在東引和馬祖中間海域的中國漁船數量愈來愈多，一開始天氣受鋒面影響，我依稀在霧濛濛的海面上只數到十六艘。直到瑪娃颱風過境，遠方一片晴朗；中國漁船密密麻麻地成群結隊，逐一數去現身至少三十餘艘。偶爾出現抽砂船的巨大身影劃開海面上的雲霧，映照這片人爲管制失當的海洋，場面十分非自然。

四十四年前的管中閔稱夜晚漁船的萬家燈火是點起輝煌壯觀，猶如一座「海上西門町」。今日雖然不捕黃魚了，但是據隔壁排的班長所言，捕撈小卷的中國漁船之多，趁著夜裡竄行，光害會把黑色的海塗抹成一灘淒慘螢光綠。

這些漁船，時不時越界，對於負責監測與指揮危機應變的官兵來說，實在囂張跋扈。更殘忍的是，漁船疑似使用大小通吃的底拖網，甚至扯斷東引聯外的海底電纜。這麼一來，所有躲進精神時間屋與異世界的弟兄們，即便主線任務尚未完成，也全都被迫戒癮。上一梯次的新兵正好遇上斷網危機，二月初的事件卻需等到四月，才有外國機具抵達支援。

當年洪仲丘事件犧牲了一條人命，換來國防部放寬手機使用的限制。所有帶進軍營的民用通訊設備，都必須安裝 MDM（Mobile Device Management，行動裝置管理軟體）。這個數位程式會隱藏手機的相機功能，所以不能拍照、視訊，不能使用藍芽傳輸、分享熱點。其他功能則一切正常，包括早起在廁所看班長刷牙配著有捲舌音的「短視頻兒」，或是新訓單位留營看守的士官長要我們培養正當興趣，卻傳來一個中國統戰歌唱節目的 YouTube 連結。

國防部的改革舉動，主要動機想必是提升志願役的吸引力。與四十四年前的光景相比，現在的義務役若要炫耀男子氣概，確實少了大多數的生活難題拿來說嘴。我原以爲，我必須勤練小腿肌力，克服從小學畢業後就幾乎沒用過的蹲式馬桶，沒想到第一次見到寢室廁所時，喜悅之情溢於言表——竟然有坐式馬桶，而且地板超級乾淨又乾燥。

管中閔回憶中的東引廁所簡直形同災難：「指揮部廁所在坑道外，裡面只有一道深溝，溝中堆積如山，綠蠅飛舞，萬蛆鑽動，氣味薰天。我每次上廁所必抽煙，藉煙味抵抗臭味，速戰速決後迅速脫離。」

沒想到，四十四年後，當兵上大號還能滑手機寫日記。我也希望，不必再等四十四年，未來的義務役梯次就能夠用上免治馬桶，一解萬憂。

不管是郭台銘、賴清德還是管中閔，他們當時似乎都去考了預官班，在離島部隊裡，就能掛上軍官的身分。就連「辣個男人」韓國瑜當年來到馬祖當兵，都是掛階副連長。而我，四個月的軍事訓練役沒有考預官的選項，就一律用二等兵身分通行。一反常態地，我雖然掛著碩士學位，士官們至今仍是鍥而不捨招募我簽志願役。

有次我掛著二兵的編階，打算快速通過一群打鬧聊天的士官姐姐們。其中一位把我叫住截停，她用一種說教氣勢十足的肢體語言，張著胯下，蹲坐在台階上，問我：「爲什麼不簽？」

我相信社會學訓練在職場裡是有用的，但是這個學位要拿來當拒絕志願役的擋箭牌實在無用至極。起初我嘗試回答姐姐們對於「社會學在到底在研究什麼社會」的質問，發現實在困難。拉扯半天，我終究放棄說明社會學如何作爲一種觀察的方法，介入學術、政策，或是「社會」，於是我只好端出：「喔我研究半導體啦！」可能這個答案有夠男子氣概，才讓這名男性二兵不必接受說教，得以順利過關。

## 我們是解放軍搶灘登陸台灣本島的前哨戰役

來到軍營的第六個週末，才第一次聽到高階軍官在公開談話中清楚地「區辨敵我」。東引地區指揮部指揮官，衣領上的編階繡有一顆星，少將。他在新兵座談會上，直指我們最大的敵人就是解放軍。

部隊是個生活遠大於政治的地方，這並不奇怪。打從入伍開始，招募員的論述就猶如保險經紀人，誘使你及早入行，一路算到二十年後你正值中年的退伍日，靠著國家的背書，成功躋身財富自由的所謂人生贏家。

但是退伍後的人生志趣又是另一道難題。部隊的文宣愈是創造那種培養健康興趣、勤練英文能力、積極進修求學的優秀樣板，似乎就讓官兵們愈是焦慮自己跟外面的世界距離。ChatGPT 等 AI 工具的飛快進展，彷彿是帶來警訊的隱喻。爲了安全，軍網只在封閉的系統裡運作，軍官會向我抱怨，如果能在這座坑道裡使喚人工智慧，或許就不用叫上我們幾個「外來世界」的頂大生，用兩個小時，摸索出簡報其中一頁的動畫要怎麼設計。

所以一位班長問我，會去香港唸書，是不是退伍後要回到香港工作？我直言自己的簽證早被拒絕了，因爲政治背景不符合對岸的國家利益。對面那個世界，雖然也算是在外面，但是愈來愈封閉。班長轉而興奮地跟另一位班長介紹：「他去過那個耶，反送中啊！」不意外地，對方的生活裡沒有半點香港政治，無論如何提示，對方就是沒想像過香港，不知道幾年前有過抗爭，也從沒關心過這和生活有什麼相干。

大部分來到東引的義務役都是自願，自願來體驗外島生活，但沒有人抱持任何簽下志願役的可能。指揮官要我們調整心態，但是，這一次調整的方向，竟然不是要我們減少抱怨生活上的不便，他要我們從現在開始設想，解放軍可能即日下午就宣戰攻下東引島；而我們身處前線，在海軍之前、在空軍之前，是解放軍要搶灘登陸台灣本島的前哨戰役。在這之後才關心我們的生活：他說，正是因爲我們同島一命，所以任何個人權益都不該被隨便犧牲。

民轉軍的其中一個特徵，我本來以爲可以不必訴諸太多針對選民的政治修辭。二〇二四年的總統大選主軸之一是戰爭，積極備戰的本土派，目標必須是止戰；倒向敵軍的親中派，也是要選民相信，投降的屈辱可以換來幸福的和平。但是軍人不必吧？軍人備戰，從來都是假設戰爭隨時可能會發生，和平只不過是個偶然。

備戰被指揮官比喻成藏有鉅款的銀行和對面的土匪。如果警衛是肥頭大耳的老頭，連電擊棒都沒電，那土匪爲何不搶？他進一步舉例，但若衛兵都像館長一樣強悍，解放軍也會掂掂自己幾分斤兩。雖然我以爲軍人備戰是日常，但還是第一次有軍官明講，那個要搶我們的土匪名字就叫做解放軍。

不曉得是有意還是無心，指揮官沒有提到中華民國，也避掉了台灣。他所要守衛的「我們」，稱作「這個國家」——非常政治。頭一遭在軍營裡如此直面政治，讓我有些驚訝。

## 只有我把邊疆當前線？

多數自願來東引的義務役，是打算來外島「納涼」。雖說如此，夏日東引卻承受著無風無蔭的酷熱，連長在早點名才叮囑全員愼防熱傷害，不到午時，立刻就有衛哨兵中暑倒下。無汗、暈眩、渾身難受，然後無法站立。

所有人都聽說過在東引當兵很涼，只有我這個局外人，誤把邊疆當前線。果然太過分涉入運動與政治，愛國心都超過了軍人的平均額度。首次聽指揮官談話的那個場合上，某個接續講話的高勤官給了一個顚倒的詮釋。他說，外島的軍旅生活很踏實；他剛從台灣的單位調過來兩個星期，就向新兵們果斷直言：「我很肯定，因爲高層督導來得少，各位在這裡，更可以做好戰備任務。」

沒有高層督導，反而任務執行得更好，這是軍隊體制的一大弔詭。然而，這個無人聞問的東引，好巧不巧，就碰上新任陸軍司令前來履新，這個消息可讓連上的官兵戰戰兢兢。據傳新司令相當看重義務役新兵的訓練課程改革，新聞中也寫到，這位將領是台美軍事訓練合作的重要橋接者，企圖落實美軍所提出的戰術革新。

但是，國防改革是未來式，待命接官是迫切的現在進行式。爲了迎接一位陸軍司令，全連的氣氛比起軍事操演還要緊張。操演的時程和指令都是寫在可以準確預期的劇本裡，但是司令屆時對於東引官兵的觀感與心得會是如何，卻沒人敢斷言。於是，「別讓司令不開心」，就成爲了本次任務的最高指導原則。

司令來之前，新兵們被帶進一個「俱樂部」空間打掃。門外溽暑難耐，門內燈都還暗著，卻已經溢出絲絲冷風。這間俱樂部的冷氣全年無休，以免哪處的高官直昇機突然降臨，這座島上的烈日可是無處可躲，總要有個地方讓人可以稍作歇息。

志願役學長帶著我們摸東摸西，把一些灰塵泥巴撇到視線範圍之外，留下一個尚可觀賞的漂亮門面。班長來時，開始擺弄桌上餐碗。原則上部隊吃什麼，司令就要吃什麼，不過吃飯這件事，仍少不了台灣人必須的圓桌禮儀：要喬出一個司令坐的主位，再排出一桌風格既不西洋又不本土的盤筷碗叉，加上牙籤和塑膠包裝的濕紙巾。爆破塑膠濕紙巾從小玩到大，圓桌禮儀我也是從小學到大。

接下來有位高勤官來了，問道，這裡不是要先開會嗎？班長毫不猶豫地熱切回答：「沒關係！先撤！待會再擺一次！」看著方才在圓桌上處處拘泥的小節，還覺得有點可惜。好在高勤官隨即制止，也曉以大義：他說自己在學校時最討厭軍中這種徒耗生命的工作文化，高層指令不一，改東改西，只處處為長官著想，那誰來為基層士兵著想？

可惜的是，這位長官的妥善設想，才撐了一陣，隔天碗盤還是被撤了。因為預定吃飯的場合換了位置，這回合，班長、士官長、副連長都親自著手上場擺盤。鄰近司令用膳的時間，看得出來他們都非常緊張。事實上，對比起部隊吃什麼，司令的餐桌上終究還是多了三樣小菜和一道特色料理。

這天部隊裡的午餐內容也不差。主餐有醬炒豬柳與炸魚塊可以選擇。副餐有兩樣青菜，一份蒜香清炒，另一份拌沙茶等稍重的調味；另外兩樣是白菜滷與豆干炒肉片，全都十分下飯。湯有甜鹹，分別是魚丸湯與紅豆湯圓。最後附上西瓜。

司令桌上的擺設大抵如此，只是湯料特地從機器製成的冷凍樣式，換成當地市場現打的手工魚丸；伙房再多準備小魚干花生、涼拌小黃瓜和黃金泡菜來妝點餐桌盤面。最後多出一份牛肉麵。

這群官兵在飯廳裡如履薄冰，盡全力做好飯店級的全套款待，深怕錯漏任何一個細節。最令我嘖嘖稱奇的場景，是大夥開始爲長官桌上的西瓜挑籽。這一盤盤乾淨俐落的紅肉西瓜，讓一餐預算原爲五十塊出頭的部隊伙食，升級到至少有五百塊價值的精緻感受。我似乎也明白，爲何軍裡的上層常來督導反而讓戰備任務受阻，尤其當士官們都去忙著服侍，新兵只能納涼在角落，靜候命令，一不小心就等到午餐開飯。

不一會兒，氛圍突然轉趨和緩。這年頭，若有什麼大事發生，通常不會立即成爲現場動態。要不是先發生在臉書河道，不然就是收到 Line 訊息跳通知。我沒有看到司令出現，一旁負責伙房的大哥冷冷地碎嘴：「早就習慣了啦，菜都準備好了又不吃。」

站在最友善司令的立場想，我猜他可能眞的打從一開始就沒有計畫留在連上吃午餐，而是底下的人窮緊張，把自己忙壞了。但是案情應該不是這樣單純。上一個司令來，伙房弟兄們準備了三十隻螃蟹，而當時臨時起意不留步吃飯的司令，就這樣順道爲國軍加菜了三十隻螃蟹。

我其實好想吃螃蟹，特別在這個不太產螃蟹的海島上，可惜這次司令履新，我最終只分到了一碗可口卻多餘的牛肉麵。

## 「島上的豬，都吃得完嗎？」

第一次在東引過沒有連假的端午，中秋未至，反倒已經第二次隨部隊啖烤肉、飲啤酒。五日節官兵加菜，於是我們連隊與指揮部的高勤官們，方有幸聯歡佳節。上一次生炭火聚會是爲了歡送退伍的士官，現場佈置起滿滿的肉與海鮮，還有東湧高粱用作基酒的莫名飲料。軍官把一塊半熟的好市多牛小排夾到我嘴前，他說，這就是當兵的滋味。當兵果然很美味，牛排有夠香，現場十分愉快；而且沒有摸彩和多餘的表演，大家搶吃肉，偶爾爭奪寥寥數支的茭白筍，然後喝點酒。

我隔著卡拉OK投影幕，往塑膠棚下拘謹端坐的指揮官望去。官兵們一列列前去敬酒，情景好似過大壽的長輩，有滿堂兒孫逐個行禮拜壽。不過，對面的我都已經開到第五瓶金牌，指揮官卻連一罐 KIRIN Bar 都還沒啜乾。中間的音響不斷震出吼音魔聲，在軍人破敗的唱腔中，我靜靜端詳位高權重的老伯，心想一定是情緒控管能力極佳的性格，才坐得起這張生冷的塑膠椅。

他不但酒不能喝多，笑也不得開懷。在塑膠棚下，沒有人敢過去蹭他左右的空座。官兵們端來滿盆的串燒與吐司夾肉，卻沒有一個校級以上的軍官，能自然地像朋友般一起分享紙盤上的食物。一桌子的高勤軍官都十分專注地要接住丟出的話題，忘了剛上桌必須趁熱下肚的燒肉。一團人圍著他，卻使他孤伶一人。那晚，他還是提早回去了，不曉得是要回營應對俄羅斯傭兵的兵諫大戲，還是作爲戰地前線的指揮官無可厚非得自覺離開酒水，時刻繃緊神經。

指揮官握有權力，底下的人回報以畢恭畢敬的冷漠，以及總是過量的食物。這是他這趟來東引，最後一次和手下官兵們吃烤肉了。自烏俄戰爭爆發起，聽說他就幾乎沒能回到台灣休假。就現行軍官輪調體制，七月初，他又要轉調其他單位。軍隊是國家的，指揮鏈只會有一個系統，軍人服從上級，將領聽命於制度，時間一到就得離開，沒有誰來得及擁兵自重。事實上，一個系統下的指揮鏈，就算烤肉亦是嚴苛：上一秒還正酒酣耳熱，下秒命令一來，大夥便火速收拾回營。

一個二等兵與指揮官擦肩而過的場合，除了在海島上慢跑被他超越，還有烤肉，剩下的就是替他收拾剩餘的食物。農業社會的台灣曾在國民義務教育裡蘊藏不少惜食倫理，而這些從小內建的價值到了軍隊，卻一點用不上。一粒米，百粒汗，如果認眞計較米汗落入廚餘桶的數量，我簡直愧對祖上。

平時送餐到指揮部是我們的工作。早餐必定有一份炒蛋、一盤青菜，然後是三道配粥的小食。鹹粥的樣式每天都會換，不論今日是虱目魚粥、皮蛋瘦肉粥還是莧菜吻仔魚粥，小食基本上都維持筍乾、鮪魚、鯖魚、蔭瓜、豆棗等排列組合。伙房還會貼心地留一鍋白粥，擔心國軍弟兄姐妹嫌棄這早齋準備得不夠淸淡。除此之外，另有肉包或芝麻包作爲副食點心，以及兩樣現烤麵包、現磨豆漿、茶類飲料和星巴克咖啡豆煮出的黑咖啡。

這幾週，大概是請假返台的人增多。平時指揮部四十人份的餐食約莫只有十五人上桌用餐。爲了把剩食倒成廚餘，新兵勉力花了一段時間克服障礙。部隊裡用油漆塑膠桶裝廚餘，桶子的規格是二十公升，然而一餐幾乎就要用上一個塑膠桶。我常常問那位駕駛小貨車來載走廚餘的阿伯，「島上的豬，都吃得完嗎？」阿伯通常懶得跟我廢話，「豬很多隻，不必擔心。」久而久之大概是發現簡短的答案無法緩解我對剩食的焦慮，隨車來的年輕大哥才相當勤勞地向我解釋，「一隻豬，一天可以吃掉半桶。」我掐指算算，人類浪費了一餐才餵養兩隻豬，食量如此巨大，或許這座島再多二、三十個指揮部都還不夠豬吃。

即便如此，活在道德壓力底下的我，仍要趕在沖洗飲料桶前盛起兩碗濃郁香醇的鮮豆漿；鄰兵也不遑多讓，扛著菜桶，用湯勺挖起兩匙蛋塞入口。中午的飯菜又再昇華一個量級的豐盛：主食是白飯，接著雙主菜，炸豬排、滷牛腩、口水雞等都是常見的菜單；還有三道副食、一份青菜、鹹湯、甜湯和水果。

有次輪到吃西瓜，恰巧當天伙房準備的份量也少，我就順理成章地意圖減少指揮部的剩食，擅自盛了自以爲剛好的份量到指揮部餐廳。果不其然，過沒五分鐘就有人匆匆忙忙再把水果抬回來，因爲擔憂份量太少，於上不敬。幾個士官就這樣聚在兩桶西瓜周邊商討要犧牲連隊的福祉多一點，還是將錯就錯，果敢揹上指揮部可能西瓜吃得不夠過癮的風險。隨後水果盤原封不動再被抬回去，待午飯時間結束，答案相當驚險：盤底只剩下兩小塊西瓜。

其實指揮官及其當週十多位部屬終究無法在一餐內吞下那麼多食物。不過，要精確地衡量台灣人的食量本就不容易。上屬請假，餐食應該減多少量是一個議題；看到盤底剩下兩塊西瓜，礙於情面不敢爽快夾入碗，也是另一種常見的台式糾結。此外，主菜若有新意，還會引來平時吃飯時間不見蹤影的隱藏人物。五日節前一天，我第一次見證連上飯廳坐滿的模樣，整整多了一倍人準時用餐，因爲那天的主菜是椒麻雞與燒鴨。

伙房請台灣養殖產地直送九隻肉鴨，在島上自行備置香料、風乾，再放入窯裡燻烤。那天的燒鴨皮酥脂薄，肉甜味鮮，盤底滴汁都不剩。副食的白菜滷、皮蛋豆腐與南部粽也幾乎淨空。過端午，軍人沒有連假，燒鴨與好市多牛小排多少填補一些遺憾。嚴格說來，這鴨的品質仍未及香港燒臘的同等程度，但是在東引的軍隊伙房享受燒鴨，吃落肚的是節慶和福氣，品嚐到的是這份燒菜功夫的精緻與誠意。就像烤肉，送入嘴的不只是噗滋綻放的油花，還有眾人試圖在這拘謹的生活節奏之中，佈置出一點獨特的細緻品味。

# Part ② 簽下去

「國軍也不用妄自菲薄。這個職業相當重要。一旦開戰了，首先上場作戰的就是我們，我們是唯一會在第一時間上前應戰的職業。」

## 「簽下去！簽下去！」

我身處的那一班，是全連隊最尾端。人數最少，離班長的視線最遠。士官長與班長並沒有交代他們編排班列的邏輯，只是把所有人集合在一起，再一一挑出人選，指定個別班兵排入不同班列。

至於我爲何排在最尾巴？當初所有人擠在一起，班長先挑出幾位體格壯碩且偏高的新兵到第一班（也就是排面），以及分配幾個到後面各班列後，就喊了聲：「有碩士學位的舉手」，接著要碩士們通通排到尾班去。由於多數的碩士老早就被編入打飯工作隊，這個工作隊的人又會再分配到不同班去，因此，除了我之外，被叫去尾端班的人，只有另外一位北科大的碩士。

我不曉得編排班列的完整邏輯，但如果就僅有的資訊判斷，士官團隊想把學歷高的新兵編到最後；再從體格來對比，我們班的新兵比起排面班，顯得較胖、較矮，或者白話一點說，就是看起來「較不耐操」。

不過，這麼一個不耐操的班，卻出現全連最高的志願役比率。「簽下去」這件事，在連隊裡的氣氛轉變相當微妙。剛進去的一兩天，班兵間就會互相打鬧，互嘲對方千萬不要意志不堅，一下子就被洗腦，「簽下去」成為志願役職業軍人。

這也符合外界普遍的價值認知。例如，入伍第五天晚上，有位伊甸基金會講員帶著《聖經》，來講一場兩個多鐘頭的「調適壓力」講習，再發下每人一本《新約聖經》。他指稱自己曾經為了追求心目中的勝利人生，到美國讀碩士而陷入窮困潦倒的窘境；當時是身上的「智慧書（指《聖經》）」、教會生活和他心中夢想「當上 CEO、取到白富美」的企圖，支持他兼差多份餐廳工作來完成學業。此故事隱含的敘事邏輯將人類社會的壓力源詮釋為「缺錢」，而獲得生活安全感的途徑則是「賺錢」。這位講員最一開始跟新兵互動時，就先排除了現場的醫學生與台積電工程師，以嬉鬧的方式表示他們已經成功了，換言之，就是沒有壓力需要調適了。

這場講習的內容主軸是協助新兵找到整理情緒的方法，適應軍中不如常民自由的生活，並撐到退伍的那一天。奇妙的是，這位講員的舉例與詮釋既不鼓勵從軍，又非常落俗套，也絲毫沒有心理專業可言，但他反映出的金錢價值觀，卻可能正正契合國軍志願役招募策略的基礎條件設定。

入伍後的第一個週六、週日，士官團隊安排了滿滿的招募行程。他們首先將兩個連隊的新兵集合在餐廳內，然後每一個單位輪流上來介紹，之後再分流拉走有興趣的班兵。我來得及記下的就有二十七個單位，再加上講話太快漏記的、我去出公差沒聽到的，至少有超過三十個軍事單位來營上招募志願役。

這三十餘個招募員除了分別介紹自身單位的特色，主旋律就是交代國軍的薪資與退休俸待遇，而且強調，這套職涯規劃特別適用於對於未來「沒什麼想法」

的人。印象當中，沒有跟隨這類主旋律的單位有軍情局，因爲看起來他們並不缺人；還有海龍蛙兵，招募員強調這份工作是一項挑戰，而非如其他單位大多遊說新兵先來聽聽看、試試看無妨。

在聯合招募的週末前，已經零星有幾個鄰近的單位，利用新兵塡寫資料的空檔前來宣傳招募。其中有一位十九歲女性，砲兵，士官長特別請她談談自己的經歷。她接過麥克風，開場幾句之後，就結巴了一分多鐘。看她似乎整理了一下，才清楚說出幾個從軍理由：

一、不想讀大學，認知到自己不是塊讀書的料，也對未來生涯沒想法，所以才簽下志願役。

二、第一次簽只需綁約四年，之後還可以一年、一年簽，制度相當有彈性。

三、在四年的軍旅生活中，比起別人，沒太多機會花錢，而月薪加上年終與考績獎金，就可以存下人生的第一桶金。

從軍就是條明確且可行的賺錢、還債途徑。作爲招募策略而言，這或許相當成功。我的班上，出現了五員班兵有積極意願，比例超過四成，其中兩員已經態度堅決，這兩員中的一員甚至是簽進某一特戰隊。後來五員之一因爲家庭因素無法繼續流程，若從全連的尺度來看，有繼續申請流程的班兵爲二十二員，占了總數約百分之十四，其中十員已經態度堅決表示想要從軍，也就是總數的百分之六點四。

這結果超乎我的想像，不管是我們班的比例遠高過連上平均，抑或是連隊簽下志願役的人數。當然，我沒有其他數據的比較基礎，或許我的詮釋源自於我的認知偏差。但至少我得到的資訊是安穩賺錢的招募策略，其所能造成的效果可以達此規模。當然，我無法完全確認其他班成員的動機，只是從我們班的視角出發做此推測。

各單位的招募員之中，有一位女士官的說詞特別突出。她來自外島單位，而她的版本中，做職業軍人除了賺錢、還債，更可以投資。她大剌剌貼出兩張照片，分別是她策劃投資的農園和豆類製品工廠。她的說法是，她從軍賺的錢可以「照顧家人」；她提到農園已經轉賣出去，工廠則是交由家人經營，卻沒有談清楚其中的股權與經營結構關係。更引我注目的是，她將外島單位的假期集中在一年之中的連續時段，並利用這些假期，返回台灣本島擔任私人公司助理，她明確的說是兼職工作。之後，她秀出一張進口車照片，說車是公司老闆送的。

我會特別注意此案是因爲根據《國軍人員不得在外兼職兼差規定》第四條：「國軍人員不得在外兼職、兼差，從事經營商業或投機事業，其身分及規範不因公餘而中止，亦不因時間而更易。」她當然沒有談到此規定，但是招募說明結束前，卻補上一句：「這些我都有貼在網路上，我沒在怕的！」

這種賺錢享樂的生活方式，想必很吸引人吧。在數十個單位的招募過程中，我一直在想，會不會有人主動提到緊張的台海局勢，甚或講到開戰風險。答案是：沒有人。唯獨一位中部特戰隊的招募員，最後呼籲現場新兵加入他們，一起「保衛台灣」！

不只沒有提到戰爭關鍵字，甚至連政治作戰的相關概念都扯不上邊。當然，受限於招募策略，提到這些職業風險必然嚇跑人，不利於找人，對此我充分理解。我也問了我們班上那位未來的特戰兵：「你會擔心和中國開戰嗎？」他說他當然會上場打。我們連上的士官長，雖然平時也是一派輕鬆，在入伍頭幾天，他隱隱約約提到開戰的事情。他說他會拚到底。當然，這些都是軍人，我們國家受到侵略，軍人豈有不戰的道理？

然而我是不敢問鄰兵，大家對於軍歌系列有什麼想法？每天早點名都要唱的〈陸軍軍歌〉，第三句是「黃埔建軍聲勢雄」，後面還說要「復興中華」；另一首指定練習曲〈軍紀歌〉告訴我們，國民革命軍之所以「北伐成功，抗戰勝利」的關鍵在於良好的軍紀，但它卻沒有告訴我們，爲何這支「愛民如愛己」的軍隊當年會毫不猶豫地把槍口對向台灣人民？

從高中二年級開始，學校早上升中華民國國旗，我就沒再敬禮過，嘴巴也沒再開口哼唱。當時我是有意識到，台灣獨立沒有太容易，但確實沒有料想到，未來服義務役還要每天向車輪旗敬禮。

現在的我，老實說，要配合一下致敬車輪旗事小，但是整批軍隊的國家認同和其象徵基礎倘若顯得搖搖欲墜，沒有其他補充性的支撐力量，那軍歌實在唱不出士氣，而是唱得我膽戰心驚。

**「那就是戰爭來臨的感覺，是這份工作的一部分。」**

以職業刻板印象來區分義務役新兵，絕對是軍營裡最赤裸的暴力之一。當然這絕對不是軍隊獨有的問題，但由於志願役招募官一再被要求介入談論新兵的生涯規劃，同樣赤裸的場景也就反覆出現。

對於軍士官而言，職業與學歷之間具備高度連動的關係。新訓期間，我的衣服後面總是要別上號碼掛牌，這能夠隱去我的本名，以更加「去識別化」的方式，供管理者識別。譬如說，「146，大步前進！」、「146，來找班長，有你的信！」、「146，慢慢跑沒關係，我陪你跑完」諸如此類。

一旦下了部隊，理論上我能重拾我的姓名，實情卻不然，因爲我的學經歷遠遠比起我是誰還要重要，還要容易被社會所識別。

因此，我轉變成「那個清華的」。如果是國外讀回來的畢業生，所謂「名校」解析度則會再更差些，比如說，「那個在美國讀的」、「德國回來的」、「讀過柏林的」。

我沒有刻意掩飾我也有一個身分叫做「那個香港的」，只是這項標籤的解析度實在遜於清華。唯獨因爲「赴陸申報表」的揭露義務要求，我才被特別標出，去輔導長室說明爲何我到過香港唸書，這其中是否又涉及保防工作須特別注意的細節。

然而這不是志願役招募官的工作。招募官傾向辨識的對象是沒有工作在身的新兵，因爲在台灣本土的生活經驗裡，國家不會欠軍人薪水。國家給你一份工作，也給了你一個安穩人生。

二〇二三年，二等兵志願役入伍起薪三萬五千三百二十元，駐東引外島加給每月九千七百九十元；若是戰鬥部隊，再多三千到五千元。招募官通常還會迅速標示出薪水比志願役起薪低的職業，再加強投放宣傳力道。我懷疑多數人迫於同儕比較的壓力，有稍稍報高月薪，否則，若按照一衆新兵所呈報的薪資資訊，台灣社會新鮮人所面對到的薪資環境其實是長這樣的（當然我們都知道實際數字遠低於此）：除了服務業基層、傳產作業員、文史哲與部分社會科學畢業生，台灣年輕人的起薪幾乎都達四到五萬；若是資料科學、醫生、軟硬體工程師等專業，則一出社會就是七、八萬塊水準，動輒上看九、十萬。

班長與招募官從來都是跳過不問我的薪水。當被掛上「頂尖大學」的招牌，那個「沒有用」的社會學似乎聽起來也高薪了起來。

只要招募官一來，一夥人就要開始比薪水。就現場排序出的職業位階來看，這些國軍基層的人們總是將自己置身在那個比起「沒用的人生」還要好一點點的位置。他們自嘲這份工作不算好，而且很多班長的年紀也都才二十歲出頭，檯面下很皮，講話又很屁。我印象相當深刻的一位值星班長，在集合場喊口令時，都還是斜肩加上三七步。摩羯座的我，很想叫他站挺站直。

不過，這天招募行程結束後，正在嘴砲打鬧的班長們被一位上尉軍官糾正了。軍官用沉穩的語氣，和緩地說了一長串語重心長的話。

他一進門就破題點到，職業之間不值得這樣比較。每個人有自己的選擇，選擇總是伴隨獨特的原因和各種限制。沒有哪種職業比較好，即便可能看起來較差，但是另一個人可能永遠不會清楚知道，這個選擇背後是基於什麼需要。

他說，「國軍也不用妄自菲薄。這個職業相當重要。一旦開戰了，首先上場作戰的就是我們，我們是唯一會在第一時間上前應戰的職業。」

班長們一時被尷尬笑卡住面部表情，沒有即刻調整回嚴肅聽講的姿態。軍官繼續說：「覺得戰爭不會發生嗎？當你在東引島上，看到敵軍船艦就待命在鄰近海域；當你全副武裝，連續幾天槍枝上膛。」

「那就是戰爭來臨的感覺。這其實是這份工作的一部分。」

「我在金門時也沒有想過，我這身刺龍刺鳳，要執筆寫遺書時我依舊哭出來了。」

「那是八五年、八八年。戰爭就在眼前的時刻。我服役二十年了，現在我還在東引島。」

班長問：「那爲何你還在東引島？」軍官沒有回答，我不知道他的答案。就像是沒有人知道何時會開戰。

## 在伴侶關係中，沒有誰的職業比較偉大

在影集《人選之人》中演示的政治工作者核心家庭內部關係，顯示出這群人缺乏足夠的理解與陪伴，以及能夠投注在彼此身上的時間。政治工作者的注意力在手機與選情上，東引軍人則身在島上和海疆。

志願役招募的一大賣點是薪資，但是，當代社會的浪漫愛價值元素之構成，似乎不是薪水多寡這麼簡單。那包括進入一段關係、確認一段關係、穩固一段關係，而後長期維繫一段關係。就算穩定薪資所帶來的安全感能夠作爲維繫伴侶關係的基石好了，對於島上士兵來說，用錢的穩定與安全來取代陪伴、理解與注意，簡直是天方夜譚。連伴侶關係都無法穩固了，談何兩人共築的長遠未來？

於是有人想到退伍。當四年工作契約結束，到底該不該離開？有人嘗試了更加流動、破碎的情感關係：在台灣北中南各區域都有對象。看看會是誰，或哪一個區位，對感情的期待偏向較低的相處密度；試試誰正是傳說中，對於軍人作爲伴侶，那個情有獨鍾的命中注定。

按常理判斷，這叫做欺瞞、傷害、時間管理大師，而且實在很渣。不然，也不是不能回歸所謂「常理」，就果斷離開，重新開始下一段人生。但是當時聽信招募官說是對人生沒有志向才進來的人，過短短幾年，難道已對於外面的世界更有想法？

在伴侶關係中沒有誰的職業比較偉大，軍人亦如是。沒有比較偉大，但是非常重要。登島才幾天，新兵們已經被要求參與戰備訓練：全副武裝，前赴偵察位置。軍官說，這座島，很可能是開戰時首先被犧牲的地方。

演訓的實彈砲擊會把坑道內的水泥塊震落地板。我還是第一次感受到，要用口語描述一發一發擊出的機槍，狀聲詞會從「咚、咚、咚」，迅速幻化成擠壓在一起的連續重擊聲；那比較接近飛機起飛時，引擎捲動大量空氣與塵土的畫面，無數顆實彈，組成的聲音是「轟隆轟隆轟隆轟隆」。轟炸過後，天空遍佈驚弓之鳥，軍人的視線要死死盯著遠方幹道上的敵軍痕跡。

我也才知道，原來島上鳥棲的樹木之所以矮小，是因爲砲彈墜落常常引起大火。新聞上，有不少烈烈林火的影片和報導，同樣地，我還是直到現在才第一次知道，除了中國解放軍軍機越過中線，除了所謂演習導彈射抵台灣周遭海域之外，當裴洛西訪台，解放軍也同步兵臨東引。

某程度上，資深的官兵們對此司空見慣，這更不是美國退縮就能解決的問題——阿扁當選、小英政黨輪替做總統之際，一艘艘中國漁船就會靠近島嶼邊緣，而在望遠鏡裡同時用望遠鏡對準自己的，卻是共軍而非漁民。

在這裡，司空見慣的不是中共又在檯面上放話恐嚇，而生活歲月還是靜好如初。眞正會習慣的，是敵軍來到，頭戴鋼盔，若沒有指揮官命令，雙眼不會闔上。更進階的是，一旦疲憊到無邊際的程度，鋼盔不用卸下就能沉沉睡去。所以新兵們向前抵達藏在林叢中的守備位置時，沿路要牢記下坑道躲轟炸的入口，要知道林徑兩側哪裡有陷阱，而且那可能就是求生存時要取水的窪洞。

前線軍人備戰的待命工作，很有學問。心態必須嚴肅，心情卻要十分平靜。若要說演訓是否就是全程轟轟烈烈、刺激緊張，腎上腺素爆發？當然不是。多數時間就是平靜等待，既不是戰時，也不是平時。對於我身旁的士兵來說，在台灣的伴侶不可能知道這在幹嘛，又要怎麼讓對方理解，自己的工作其實只是在這座坑洞裡安靜地待上數小時，卻要因此犧牲無數個可以陪伴另一半的午末與夜晚？

也有可能，輪到下一次演訓，人事已非。曾和我一起在同個坑道等待的官兵已經放棄離島的軍旅生涯，而同在坑道裡訴說疲憊，渴望陪伴的官兵，再是更新了一輪。

## 什麼才能讓你簽下去？怎樣才會讓你感到自由？

經歷完榮譽團結會的自我介紹之後，我算是正式認識了這個部隊單位的成員。根據我在Google上搜尋到的榮團會定義，這個活動讓官兵有機會檢討部隊內部制度運作，同時也獎勵工作表現優秀的幹部，授星頒獎。

主席、司儀與紀錄都由士官們自行推選，榮譽團結會看來是有一套制式的運作格式需要依循。然而現場不會有人毛遂自薦，那些職位比較像是可以挖坑給別人跳的玩笑。多數我相處過的士官，通常不擅長操作這類官樣的典章程序：誰誰誰報告、誰誰誰致詞；在這種講台上的班長，幾乎都像是被老師硬逼上台答題的小學同學，肢體與表情老是生硬古怪，完全不見他們在任務中、集合場上、運動場裡那般生猛活潑。

班長在會前只有提醒我們，可以帶上零食飲料入場。原本我質疑怎麼不解釋清楚會議活動的質地，後來我猜想，這或許就是他們眼中對於榮團會最本質性的印象。

也許，可以比擬成辦公室裡討論生活規則的會議，或者是中小學常見的班會設計。同樣地，在此權力結構下，會議將如何發揮功效，也端看主管，或是班導師如何定位自己的角色。

至少我從小到大，多數的班會都是失能的，或者是被「借去」當數學課。相較之下，部隊裡的榮團會卻老老實實地按規章走完程序，而且出乎意料之外，這竟是我從小到大經歷過、見識過的職業現場中，「愛的語言」出現密度最高，也最直白的一個。

軍官在會前已經收到一些Line私訊，其中許多批評，有些指向這個部隊的運作系統，有些針對個人疏失。屬於系統失靈的部分，軍官在現場承諾會加以改善，比如說早午晚餐出菜的時間點不一，大概都是誤差個五到十分鐘吧，但這已經足以令妥善安排勤務行程的官兵感到不平，因爲太早或太晚來到飯廳，都會造成工作效率的耗損。

然後就個人疏失的部分，軍官會當場向當事人點出提醒，最後加上一句：「你知道，我是愛你的。」我起先以爲自己聽錯，或只是玩笑話，因爲我還沒見識過有主管糾正完部屬後，會用這麼篤實的語氣表達愛，而且還搭配手指愛心。順帶一提，這個單位的男女性別比至少是四百比一百。

有位班長也被點出來，因爲他第一次負責做早餐麵包。我們的早餐每天提供現烤西式麵包，通常會有兩種類型可以挑選，至於品質高低，端看麵包手作者的技藝是否純熟。第一週曾出現紅豆麻糬麵包、火腿起司牛角麵包、熱狗麵包，還有不同類型的雜糧麵包。根據我身邊新兵們的評價：口感頗佳，賣相不錯，嚐得出其中的用心。

但是這星期的麵包師傅是新人，有一天他準備的巧克力麵包沒有發開，於是出烤箱後每個都乾巴巴的，變成巧克力米龜。他在麵包庫房裡相當自責，據其他人所言，當時看到失敗的成品，他都不知所措地哭出來了。這件事也被拿出在榮團會上說開來，班長本人脹得臉紅脖子粗。輔導長開頭稍稍引導了一下討論，最後班長得到大家的鼓勵，希望他能再接再厲，繼續努力做出更美味的麵包。

我們新兵的自我介紹在程序最後。終於在經歷一週的相處過後，要迎面回答現場官兵所有好奇與疑問。果不其然，一位班長提出了兩道嚴厲的拷問：

一、究竟是基於什麼原因，你不願意簽下志願役，待在這個部隊裡生活？

二、國軍需要存在什麼樣的條件，才足夠讓你願意簽下志願役？

第二個問題被一位軍官搶先回答，他說，或許不該問國軍還需要爲了招募新兵，而多出什麼條件，因爲這個問法，與這個工作環境的制度好壞不見得直接相關。他舉最極端的例子，如果國軍明定，加入後可以不必上班，這個條件勢必可以吸引到不少人吧？

軍官認爲，對於軍人而言，其他職業若對於社會有所貢獻，最終也可能回饋到軍隊。這個討論的脈絡，其實是接續在我的自我介紹之後。我當時簡單說明自己做了幾年「政策研究」工作，爲了更充分說明「政策研究」這份令人感到陌生的職業背景，我提到經民連（編按：台灣經濟民主連合，前身爲反黑箱服貿民主陣線）在二〇一九年倡議的「兩岸人民關係條例」第五條之三的民主防衛條款。

當時在韓國瑜崛起，提倡與中國簽署和平協議的背景下，經民連的學者共同草擬法案，規範對中國簽署政治協議的實質與程序要件。後來民進黨按原提案版本接受了建議，還成爲總統談「國安五法」的政績之一。講到這裡，爲了營造臨場感，我轉身用手指了指牆上的蔡英文頭像。條文中明定，協議不可以毀壞主權國家地位，以及自由民主憲政秩序。然後我也像前一位班長一樣，在榮團會上得到鼓勵了——對面的士官長，很大力地點頭，看來他很支持這個NGO的倡議。

至於第一個問題，軍官沒有幫我接招。我勉強擠出一個理由：「因爲不自由。」

「那是什麼才會讓你感到自由？」另一位班長立刻提出哲學式的反問。

我還是唏哩呼嚕地說了一些在軍隊裡難以安排自己的工作時間之類的理由，但是這種答案都不夠細緻。說實在的，自由究竟是什麼？我也還在推敲。況且，在東引島上，慢跑時依山傍海，視野比羅斯福路、忠孝東路都要寬闊太多，閒暇時可以懶在床上寫作……說這不自由嗎？想必是很難如此簡單地說服自己。

## 大家打賭，我會簽下去

漸漸熟悉身邊的同僚之後，我才知道，原來連隊上的士兵私下打賭我會簽下志願役。倒是年紀稍大的軍官和士官長們，打從一開始就認定，我不可能從軍；有次還直接建議我，若遇到招募員，或是有人比較積極遊說，我只需端出碩士學歷就可以省下推託回絕的力氣。

士兵們最後當然是輸了這場賭注。這兩個月，我們連隊上有名訓練役轉服志願役，而且是這梯東引新兵當中的唯一一位。消息一出，士兵們便傳言，那人必定是我。到了最後一個工作日，我實在忍不住好奇，探問他們到底爲何如此執著是我？

原來，因爲我最初自我介紹時，提到自己的學識背景，以及這條生涯路的薪資往往「不太穩定」。薪情不好，已經足以是從軍的絕佳理由。我也發現，碩士學歷在同輩軍人眼中的印象，幾乎完全和薪資待遇脫鉤。對於身邊軍人同事們，社會科學人會唸書，聽起來與能賺錢一點關係都沒有。有個曾經堅信我會從軍的士兵，問了我入伍前的薪水，也與我分享了他在成爲職業軍人之前，作爲搬家工人是怎麼賺錢的：出車一天，無論幾趟、幾層樓、幾家戶，都實拿兩千。

有次他一個月合計賺了七萬元。收入豐碩，但身體累壞了。我反問他，一個月最多也才三十一天，他笑笑地說：如果當天回到家後，臨時還被老闆叫出門加班，會再多拿一千元。如此瀕臨體力的極限，讓他決心辭掉工作，入伍服役。

來到外島當兵，收入穩穩當當，扣除保險、伙食、所得稅等，從工人到軍人，一名二等兵首月就能實拿到手四萬三。但他現在覺得工作索然無味，又打算要退伍了。

也是有次，我到營區門口搬高麗菜，副指揮官在哨所攔下我的時候，就是拿出「四萬三」這個薪資行情，企圖誘使我加入國軍。不一樣的是，當老一輩的軍官聽到我有碩士學歷，語氣就變了，變得不太想多浪費口水的樣子。

也許，學歷之於軍人這回事，隨世代更迭而產生意義上的變遷。當初那位去賣雞排，卻被郭台銘酸爲「浪費社會資源」的博士生，已經是十年前的熱點新聞了。十年後的郭董要競選總統，本來可能成爲他工廠奴工的兩千三百萬台灣人，現在全都變成他的選民，他也就自然不得再隨便酸言酸語。不過，博士生賣雞排的社會形象，卻雋永了十年光陰，如今成爲國軍同僚們聽到我可能要繼續攻讀博士時，嘴裡首先彈出的膝反射回應。

然而較年長的幹部，似乎對於學識與學位，更加謙遜看待。我是一直到排長也怯生生地湊過來想加我的 Line，我才意會到，這不是例行公事，而是眞的想留下聯繫方式。這些打從一開始就沒打算招募我的士官長與軍官們，不約而同來找我加 Line，比較精準一點描述這個互動過程的話，應是特地在離別前交換個名片。

到了役期最後一個禮拜，其他訓練役都離開返台，全連隊竟然只剩下我一人。待退弟兄不能操，尤其正要出營擺脫軍隊管控的訓練役更要善待，因此我的角色顯得有些特殊。值星士官長拎著我到處巡田水，忽然之間，語重心長地說他也考慮要退了。我問這是不是工作倦怠，他堅決認爲沒有。

沒有倦怠，他認爲是無奈。話鋒一轉，他舉例說，像是新加坡那個樣子，其實才是正常的軍隊，原來士官長會在星光部隊抵台時支援友軍受訓，才對此有些觀察。

我們蹲坐在據點的空地上，前方有架輕型戰術輪車氣喘吁吁爬上斜坡，一聽就知道車輛引擎零件出大問題。「保養要換火星塞，我老早就想講，這次能不能就不要換嘛。」此時車子排出大量白煙，攪和進車輪打轉濺起的塵沙，一路上弄得烏煙瘴氣，士官長彷彿在點評一場糟糕的表演秀：「這個軍隊招標採購，品質從來不是優位的考慮因素，一台車本來好好的，花錢下去整修反而就壞了。」

新加坡的軍隊在台灣，幾乎整套訓練流程都是用自己的資源。新聞上的說法是，礙於兩岸情勢敏感，星國不想惹是生非，雖然來台受訓，卻又和台灣的軍隊劃清界線。而按士官長的說詞，根本不需要談到中國開不開心的問題，雙方採購標準落差這麼大，對方怎麼可能敢用台灣在地叫來的車輛零件。

「連白米，都是自己從海外運過來的。」士官長用手比劃給我看，據點裡的修車廠，其實是他從地基開始，獨力搭建起來的。新加坡的白米，暗示著他對這個環境的失望。島上的其他連隊常常和他借車，「你看這裡有哪幾個連隊，編制上有幾台車，就眞的有幾台車能用？」

他有自信地宣稱自己如何打造出東引部隊調度車輛的韌性，而這些只流傳在軍人之間的耳語，好似非要等到中國進攻之際，戰車無法如期派上用場，這座破敗體制的眞實面貌才會公諸於衆。

比起一般的士兵，這些軍隊資深幹部除了不會叫我當兵，最大的不同在於他們對這份工作多了不少執著。士官長繼續用手比劃，他規劃要續建第二座廠房，以便容納更多車輛保養器材。我鮮少聽到士兵說他們作爲軍人，想做什麼。

當士官長熱烈講完他想做的計劃時，他卻不曉得，這些對於部隊來說，是否只是徒勞？是不是等他退伍之後，部隊依然不會好好珍惜他十多年累積下來的資源？他在想，到底這個軍隊想要什麼，而他在退伍前，又還需要多做些什麼？我當然沒辦法回答他，我也沒有繼續從軍，陪他完成未竟的事業。不過這番比劃，卻是當兵這四個月以來，看過最具使命感，也是最年輕、有志氣的志願役招募說帖了。

# Part ③

# 台灣當兵眞的很廢嗎？

服兵役或許是憲政義務，但是談到義務「以上」，或是義務「以外」，又要是「共同」的目標，則太高、太遠，又太過撲朔迷離。

## 你能「適應」軍中生活嗎？

通常身邊親朋好友一聽到我入伍服役，第一個問題就是：「能不能適應軍中生活？」就連營上士官介紹新訓內容的主旋律，也總是一再強調：前面幾天操課方式，主要目的是要讓所有訓員熟悉軍中生活。

但是，我實在覺得所謂軍旅「紀律」，早就寫在中華民國教育體制的基因裡。忘記曾在誰的臉書上看到類似的想法，當我要進入軍隊體制文化，開始調整生活作息、校正自我期待管理之際，我首先感受到的心情並非難以適應，而是驚覺：原來一路從小學到高中，乃至於學校戶外活動中，管理階層（主要是師長）要求的所謂紀律，竟然和軍隊的文化體質如此相像。

在教育場域中，有自主學習、學生自治、多元適性等外在議題輿論和內部理念動力得以不斷地與既有結構拉扯，促成改革。但是在軍隊裡面，上下階層角色間的溝通對話似乎只建立在「士官希望新兵最好不要出事，不然家長投訴會很麻煩」這類猶如安親班代管家長職的互動模式。

我相當理解，「民轉軍」的過程本身便衍生不少管理成本，更別說軍隊的指揮架構要求基層士官團隊密集管理一個連隊的複雜度有多大，也就是包含百餘名新兵所有生活起居與操課訓練。我沒有參考範本，沒有考察經驗，更對普遍軍隊管理知識一無所知，但我仍然從一些枝微末節中，清楚感受到「管理技藝」如何可能影響一支軍隊的運作效率。

譬如說，士官長在下課時間要求士兵不要待在寢室，這個簡單的指令會在新兵內部帶來一些凌亂的抱怨。但是當士官長下同樣指令時，順勢加上「因爲寢室空間小，密集談話會帶來更多染疫風險，所以希望你們出來到走廊或連集合場上聊天」這個理由，雖然不能完全抑制住士兵的抱怨，但至少私下的不同意見會旋繞在該理由的正反意見磋商，而形成較集中的擴散方向，進而減少上下階層間的緊張關係。

另外還有一個負面案例：我待的連隊有幾個下士班長與上士班長，顯然地，下士班長相對經驗不足，常常口齒不清，講話黏在一起，習慣拖懶音。當這模糊不清的指令透過品質不佳的擴音器放大，徒增班兵困擾。大家不是不專心聽，而是根本無法理解指令內容爲何。

偶爾，下士班長對教材不熟，一個指令下完，來不及立刻接上後個指令。這些失誤都會影響操課節奏，累積久了，就無法穩固士官的領導力。我所說的領導力，不是指想像中戰場上衝鋒殺敵的英勇形象，而是在軍隊管理的例行日常中，若眞要嚴謹地貫徹「一個指令，一個動作」，除了士兵的配合，還需要這些士兵後設地相信士官的指令不會出錯。

用極端的假設再講得仔細一點：當士兵行軍向前，士官沒有說轉彎，隊伍就是要直直往前走，即便撞牆。但總不能每次都走到撞牆吧？這樣的話，久而久之，士兵依軍令，遵從「一個指令，一個動作」，雖然最終還是得要撞牆，但要踏出腳步時，心裡總會遲疑，那麼，這就會影響運作效率。

回到「適應」的議題上。入伍新訓的作息相當單純，每日早上五點半起床，晚上十點前就寢完畢。早中晚飯時間分別是早上六點半、中午十一點半、傍晚五點半，飯後都要打掃。早餐前要唱軍歌、早點名。早上約有三節課，下午與晚上各有兩節課，一節課通常是五十到七十分鐘，依操課內容不同而任意調整。

我最「適應」的時段，分別是午飯後的休息時間，以及晚餐前的運動時間。休息時間很安靜，軍營內的景色也單純，讓人得以平靜悠哉地閱讀或寫作；運動時間讓我這種瞎忙又懶惰的都會動物，能有紀律地跟著連隊運動。我們連隊的規則是每天都要跑步，每週的圈數會增加，班兵也可以跟隨士官長加倍圈數。像是這週圈數是兩圈，大約一千四百公尺，但是我們可以選擇跑到六圈，也就是四千兩百公尺。到了新訓最後的第五週，連隊要求每人每天都要跑六圈，士官長也會帶著志願的人，一天跑十圈。順利的話，結訓前我能跑上七千公尺。

最不「適應」的部分則來自於一天七節課的安排模式。前面提到軍隊管理文化已經寫在教育體制的基因當中，倘若我們反過來做個思想實驗：將中學排課方法論套用在軍隊操課設計之上，就能發現我們軍隊的新訓將會剩餘大量空白的自習課。

我知道兩者基礎條件差異頗大，難以這樣比較。而且我讀的是私立中學，在升學主義與偏高學費的約束作用下，學校不太可能「浪費」學生的在校時間，老師不僅要把教育部規範的課綱進度上完，熟練的教務系統更要在學期開始前，考量錯綜複雜的多元需求，再排出一個教師與教材都能配合，學生又能獲得最多授課時數的課表排列。目前顯然軍隊基層沒有強大的教務系統，至少我只發現基層士官的執行目標不出其三：讓班兵適應生活規範（內務、排隊、作息等）、完成鑑測指標（體能、打靶等）、維持國軍社會形象。後者也就是士官安親班的結構成因，總是要避免家長投訴、媒體狙擊、部長被質詢等影響軍隊士氣又增加國軍官僚行政負擔的偶發事件。

在維持這三項執行目標前提下，如果缺乏教務面向的「管理技藝」，就會常常讓士兵們空等。簡單舉些例子：第一、二週，本營將所有國軍志願役招募行程都湊在一起，於是當有意願與無意願的士兵出現分流時，前者繼續被抓去聽招募內容的細節，後者就集中在教室裡乾等。我的連隊將聯合招募行程都安排在週六與週日，直到週一早上的三節課時間，一部分士兵都沒事，待在教室坐板凳。

當然，志願役招募可能是特殊情況，不代表整個新訓過程的通病。另一個例子是打靶。記得第一次打靶時，原本應該是下午一點半在連集合場整隊，一併帶出到營區外約十分鐘路程的靶場。實際上我們卻在靶場內空地等待到下午四點，原因是上一個連隊還沒結束。其他零碎的例子還很多，目前的軍隊新訓似乎沒有打算改以較科學化、精簡時間成本的管理方式，來安排操課內容。

「新兵訓練本來就是這樣」，這或許已經是個充分的答案，或說，這是一個能被廣泛接受的答案。但如果我們將蔡英文的國防改革視爲軍隊訓練結構轉型的起始點，那麼就應該擴充士官團隊的執行目標，如此或許能發現一些「管理技藝」革新的必要性，因爲這些多出來的時間，應該更好地利用。

## 沒有莒光教學，只有莒光教學日簽到

軍隊就是一個龐大的官僚系統，這個系統裡的每一個角色有特定的位置與任務，再透過科層化的組織、權威體制、嚴格生活紀律與由上至下的指揮鏈，構成軍隊官僚的運作邏輯與文化體系。我們通常認為，如此系統設計是為了戰爭來臨時能夠迅速動員武裝力量。畢竟如果沒有軍隊官僚，常民無法有效率地應付戰爭處境裡的緊急需求。

某程度上，由於我們認同備戰的緊急性，而且自己不見得做得好，所以才期待軍隊的專業能眞正貢獻於此共同目標。卽便在台灣特殊的歷史處境裡，我們還是擔憂軍隊認同分歧，不甚確定這座軍隊官僚所建構的力量，是否眞能為「共同」

目標服務？也就是指，這個國家的軍隊爲何而戰？又是爲誰而戰？至少，營區輔導長室窗戶上的海報有敍明此共同目標，海報上畫出的答案是：爲中華民國的生存與發展，爲台澎金馬百姓的安全與福祉。而這支軍隊官僚的總稱叫做 R.O.C. Army。

在所謂「最有效率」的想像場景裡，一支可以準確執行中央指令的機器人大軍似乎是最完美的樣態；所有個別的機器體都能依照設定好的他律，如實地爲共同目標效命，並處理複雜的運作程序。但是，軍隊官僚裡個體不是機器，實際上都是軍隊化的常民，況且在絕大多數服義務役的二兵世界裡，不會有共同目標的問題意識。這個議題在當代民主社會的日常裡，只是多元價值的其中之一，服兵役或許是憲政義務，但是談到義務「以上」，或是義務「以外」，又要是「共同」的目標，則太高、太遠，又太過撲朔迷離。

我原先以爲，多多少少，每週四的莒光教學日會擔負政治作戰教育的角色，形塑軍隊對於共同目標的想像，就如國防部《莒光園地》簡介網頁上所寫：「建立官兵『恪遵憲法規範、堅定愛國信念、陶冶武德修爲、砥礪忠貞志節、落實軍隊國家化』之共識。」雖然聽說這個軍隊節目實在無聊，但我還是好奇國軍如何構建愛國教育的形式主義樣板？想知道就算是做做樣子，當軍隊官僚企圖「建立共同目標」，到底又會是做成什麼樣子？

週四晚答案揭曉。原來是沒有莒光教學，只有莒光教學日的簽到。

當晚由營長來連隊上和大家說說話，主要鼓勵二兵們，要好好準備鑑測，如果全營成績好，他就有面子向旅長申請讓我們提早放假。他也爲班長說了幾句，因爲班長們往往在靶場上顯得特別憤怒，他說這是爲了我們安全，因爲表現得憤怒，有助於我們警惕靶場上可能出現的意外與危險。

到了接近睡覺前，隔壁班遞來一張簽到表，要簽上我的名字，以證明我今晚有參加莒光教學。直到我被允許使用手機的時間，我才發現原來莒光教學的影片已經貼到連上的 Line 群組，其中保密防諜教育的部分，講述了一名海軍作戰長因爲不堪家中遺產稅負荷，鋌而走險將艦艇作戰機密出賣給中共情報人員。這個故事敍事也非常具有台灣特色，該員不是困於債務的負擔，而是因爲遺產稅繳不出來。

雖然影片沒有詳談細節，我聯想到的台灣家庭內部場景，大概是接手了上一代的房地產，覺得價格不好不想太早賣，但如果用公告現值抵繳給國家，又不划算，最後反而要擔憂繳稅衍生出的現金流週轉問題吧。更有趣的是，其中還業配了國軍低利貸款，實在有投顧專業的潛能。

一直要士兵在一些莫名其妙表格上簽名的問題屢見不鮮，我也見怪不怪。我所在的這支部隊的官僚，似乎很擔心新進士兵的心理健康問題，除了營區各樓層防墜網之外，還建立了不少士官約談的標準作業流程，只不過執行上一再發揮形式主義之精神至極致。這些書面表格會直接發給士兵，由士兵塡寫完訪談紀錄，最後再收齊給士官一併簽名。有張表格是要轉呈給下一階段的部隊單位，要說明關於我的「重大具體優劣事蹟」，空白格子裡還有提供寫作範例的浮水印，連我的人格、家庭與工作表現都設定好了。

偶爾，隔壁班傳來的簽到表連標題都沒有。我猜想，大抵是爲了「效率」，才把簽到表的不同頁數拆開，傳下去給士兵們個別填寫，至於標題，有幸拿到第一頁的士兵才能看到。一整群班長中，也明顯看得出作風差異，有些班長會要你趕快簽一簽，有些則很誠懇地說明原由，希望得到士兵們的諒解。

不過，同樣是爲了「效率」，士官們也會對於軍隊官僚形式主義作風有一定程度的反撲。部隊裡有個「槍班」的設定，就是由兩到三個班的士兵組成工作小隊，主要任務是支援打靶完後的槍枝保養。事實上，我挺享受這門任務，因爲我的機械操作技能點數太低了，有機會摸弄這些金屬器具和保養油，讓人有種學習進步的感覺。

除了槍枝保養之外，更重要的則是領槍與還槍的流程。因爲國家壟斷了武力，軍隊負責這份壟斷權力，自然要特別針對武器的管理下足功夫。每次都是槍班士兵要支援士官們進出軍械庫，處理槍枝領用與交還。結束後，還會發下一張「團體領用清冊」，要每一位士兵分別簽領用了哪支槍。原先我很疑惑，實際領槍人、用槍人、被領的槍、被用的槍通通和清冊對不上，那這形式主義的做法，到底最後導致了什麼結果？後來我又發現，原來也要避免軍械庫裡的監視器拍到「不妥」的畫面，所以要求進去領槍的士兵把背號給摘下來，以免被說是沒有「自己的槍自己領」。

班長爲求提升工作流程的效率，選擇改善上層設定的標準作業流程，由槍班統一領完，再分配給全連士兵使用。我同意這種以自己覺得「對」的方式，來擅自改動作業，可以說是一種「微抵抗」。但爲何軍隊官僚不順勢把規則改一改？還是說，其實上下階層皆心知肚明這種做法形式沒有效率，因此默許一切？那就讓人更不解，到底軍隊官僚的設計是有效率，還是沒效率？

領完槍，接下來便是練槍了。新兵入伍訓練的鑑測項目除了體能和一般人熟悉的打靶、丟手榴彈、刺槍術，另外就是「震撼教育」。這個詞我從小聽到大，但沒有意識到原來這概念也是出自於軍中文化。爲了執行震撼教育，班長們花最多時間的是要士兵「背報告詞」。所謂背報告詞，其實就是背劇本，用劇場訓練邏輯來理解倒是清楚許多。我並非認爲讓從軍像是演戲有什麼不好，因爲劇場有時比起現實更加貼近眞實，況且這就像是慣常經歷的演習。不說軍隊，小時候常常要在學校實行地震逃生演習，我至今都認爲相當重要且必要，因爲地震就是有可能發生，而我很怕地震。

震撼教育的內容是在室外演練場進行。一個班的士兵會拆成三個小隊伍，再分別整裝、爬壕溝、伏地前進，想像前方有敵人，要射擊、救援，以完成任務。

小隊伍的伍長會需要背下較多指令，配合報告詞上的節奏，也就是震撼教育的劇本，與班長一同指揮士兵突進。一切看起來非常形式化，特別是士兵平常不會到演練場，只會在連上的排球場操作。

大家都演得很爛，但還是反覆地一直操演。其中有個環節，第二隊伍有士兵中彈，班長會指示哪名士兵扮演傷患，想當然爾全連士兵看到覺得滑稽，笑成一團。那天我剛好轉頭望著第二伍的士兵嬉笑打鬧，摀著胸口，往後仰倒，大呼「我中彈了」！腦子裡突然閃過十月一日那天中彈的香港人，雖然不在當下的現實裡，卻顯得非常眞實，於是愣在那。直到班長斥喝：「○○○，你站在那裡幹嘛！」我才發現該輪到我伏身爬入想像中的鐵絲網了。

遇到素質較差的班長時，上起課來心情比較疲憊。那個班長說他作風比較自由，我稍稍將其理念修正成：「我的形式主義作風比較自由。」我們演練過一次之後，還剩下上午一大半的操課時間，他就叫全連隊集合在旁坐下，自己躲到一旁抽菸、滑手機、納涼去了。離開前，還不忘要大家拿出報告詞來背，丟下一句：「你們瞭解吧？不要害我被長官罵就好了。」

原來如此，軍隊官僚的形式主義發展到最後，盡頭不是演戲。就像我說的，演習沒有不好，其精髓在於，就算是在偷懶，也都要大家一起，演得像在演戲一樣呢。

## 怎樣當兵不算浪費時間？

國防改革令義務役從四個月延長爲一年，在諸多子議題中，之於役男們最切身的不安，或許不是「這樣轉變是否足以嚇阻中國侵略」，也不是現代化訓練模組、部隊編制調整等政策細節，而是「多這八個月是不是在浪費時間」？

至於要如何不浪費？理當是國防部與上位者的責任，絕大多數的役男沒有辦法、沒有方法，更沒有動機爲國家解套。愈是臨近新兵入伍訓練的結訓日，役男們擠在寢室抱怨軍隊生活的聲量與頻率，也就愈加猛烈。似乎大家不曾因爲五週訓期的訓練，獲得任何充實感。

入伍以來，我嘗試從士官長談話內容中，找出幾個支撐國民服役正當性的要素，不外乎三點：這是憲法明定的國家義務，沒有質疑空間；好好接受訓練能讓年輕人與職場接軌，嚴守紀律避免成爲老闆眼中的爛草莓；在軍營裡生活數個月之目的，就是爲了備戰。

但這些說法都不是國軍建立士兵士氣的主旋律。在入伍新訓的過程中，「榮譽感」並非他們建構軍紀的關鍵詞，一切行爲指導原則的精神，都圍繞在「權威／服從」的概念核心，而且，這一類「權威」與專業倫理無關，也不具任何領袖魅力的根源。若要說軍隊的權威有無正當性可言？頂多就是士官長提到的那幾點論述。但是，通常這類談話的目的並非在於樹立權威，幹部們勉強給出說法的樣子，比較像是爲了要撫平義務役士兵被剝奪四個月自由的不滿時，馬馬虎虎擺出的虛應故事。

甚至是有點語帶歉意的無奈。彷彿由於役期長短並非基層幹部所能決定，所以他們也只想苦勸到來的新兵，「不要想太多」，庸庸碌碌地過完四個月就罷了，不要有太多踰矩的行爲。若從個別士官的角度觀察，我不認爲從個體層次上卽欠缺革新體制的動力，但或許是困於某種體制結構上的路徑依賴，一旦回歸到集體的氛圍，沒有人需要盡量讓自己多做到些什麼、多學到些什麼，因而多爭取到一份榮譽。

軍隊裡，常常強調要「自律」。我本以爲所謂建立自律的前提在於：凡事總有合理的規則和理由，當士兵發現自己做錯了，能夠接受規則的合理性，再學習而改進。軍隊爲了備戰，其相對高壓的規則當然有其合理之處。學習適應軍隊文化，跟從其規則之合理性，我以爲這會是軍隊榮耀感的必要元素，也是蔡英文宣示國防改革方案的論述根基：「在新制下，當兵的這一年，不是浪費一年，而是用這一年的時間，蛻變成爲更成熟的人。學習更能生存、更能作戰、更能救人；同時，也守護自己的家鄉，守護自己的家人，守護自己所愛的人。」

然而，當前這個體制的管理模式處處不合理，使所有個人得失的計較，都隨著服役時間延長，而一再被放大，每個人都汲汲營營地計算怎麼讓這四個月的役期少幾個小時。不合理的管理模式由上到下盡是。週四莒光日，因爲高雄有位士兵發生車禍，被認爲影響國軍形象，旅政戰主任受命來談軍紀教育。一開場他就明講，我不想浪費大家時間，規則要求講授一小時，但他只簡要提五分鐘，就會離場。實際上他談了十五分鐘，內容則一概扣緊「不想浪費大家時間」的主旋律。他說現場各位很幸運，不像現屆成年役男要當一年，所以要好好遵守紀律。換言之，特別召集舉辦的軍紀教育，內涵還是回到撫慰士兵「被迫」從軍的不滿。

在成爲二等兵的訓練階段中，最接近「榮譽」此概念的關鍵字就是「榮譽假」：原本預定週六早上出營放假，能夠提早到週五晚上六點。令我匪夷所思之處在於，士官們能把是否放榮譽假的事情，操演成相當低階、純粹展示管控權威的操作。當別的連隊早已傳來放榮譽假的消息，自己連隊上的連長也有意無意地提到將會提早放假，然而到了士官的層次，他們不清楚律定公布資訊的時間點，仍舊想保持住這份掌握資訊的權威，問了也不答，偏偏要拖到最後一刻才提出。過程中沒有解釋理由，他們想表現的面貌就是：我想什麼時候講，是我之於你的權力，是我所能決定的。

這種純粹展示權力的權威，其實難以反過來約束管理層自身，結果便是引發混亂，而導致領導力盡失。旅政戰主任打從心底不信軍紀教育這一套，所以只講了十五分鐘。連上的士官要求士兵坐直挺立，專心聽講，但是政戰主任一走，士官們自己放開來軟爛癱坐，前後擺頭聊天，然後抱怨聽講又是在浪費時間。

若把所有不一致的荒謬現象當作田野對象，我反而拾起一些觀察異文化的有趣心思，說不上是絕對的無聊，短暫體驗也不至於難以忍受。但如果把這一切軍隊體制的扭曲當作國防改革的對象，那麼我就感到幾分焦慮。不一致的混亂，令人無力，再有心改變都顯得像是浪費時間。

第五週主軸是鑑測，測驗這梯新兵有無達到訓練預期的水準。震撼教育的環節要求新兵全副武裝，突破層層關卡，其中就包括電視上常見畫面：士兵貼地，伏進攀過低絆鐵絲網，四周伴有隆隆炮聲。鐵絲網關卡之前是爬過大壕溝。操課時，班長千交代、萬交代，下樓梯時身體要全程貼地，因爲當實戰中爬起身來，敵軍可能就在遠處發現顯著的射擊標的。其中最困難之處是身體趴著同時跨腳去勾住樓梯，需要有些膽識，以及平衡重心的技巧。操課時卻也沒有讓人練習，直到鑑測現場，我才嘗試要第一次做到，這時，壕溝下方卻傳來士官呼叫：「直接跪起來爬啦，四個月而已不要太認眞。」

「不要太認眞」的呼籲除了讓人有點氣餒，也造成更多混淆：班長不是一再要求要認眞看待鑑測嗎？至今爲止，鑑測項目還是有飽受質疑的刺槍術。說實在話，我沒有上過戰場，說不準刺槍術在近戰格鬥時到底能否起作用？也不敢保證未來戰爭型態究竟是否需要近戰？但我看到的問題核心不在於刺槍術本身，而是國軍設計課程的教授方法。

過去的教材中，一概講求操作刺槍術要「氣、刀、體」一致。說到「體」，班長和士官長教授的手勢就不一致。我也不甚明白，明明操課現場有多名班長與前梯次留下的志願役士兵巡視，操課也有大把時間，爲何不能從頭開始，細緻地費心督導每一位士兵的動作？非得要由值星班長站在遠處，用吼的聲量來糾正不正確之處，即便吼完，也不見士兵操作動作能做得多確實到位。至於「刀」，從操課到鑑測，我的步槍未曾裝上刺刀。換言之，非得要等到某天戰爭時，解放軍攻到我面前，我可能才第一次體驗到步槍裝上刺刀後的重量，或是當刀兇猛刺進敵軍胸口時，才會知道手握槍托、槍柄的實感爲何。最後是「氣」，我想是要訓練殺人的勇氣吧？人要敢於殺掉另一個人，卽便是敵人，都是有心理門檻的。操練刺槍時，我總是想讓自己想像一些敵人的畫面，盡量體會殺敵時，可能需要放棄什麼掙扎。但是國軍要求的「氣」不是如此，他們看重的是所有士兵喊「殺——」，喊得宏亮、大聲又整齊劃一。

會不會打仗？會不會有天需要和解放軍近戰？這都沒人知道，但備戰改革必須開始，也已經開始。按照目前改革規劃，義務役士兵應該被編入「守備部隊」，負責國土守衛任務。在此計畫方向下，負責教育召集訓練的後備旅似乎愈來愈重要，近期後備指揮部也正完成擴編。或許是在增設後備旅人力的背景下，來招募志願役的後備旅軍官相當直白地說：「希望各位把握機會，我們旅過去開放的缺額很少，所以通常都只有靠關係關說進來的，現在有機會開放給新訓轉服志願役的士兵，而且還任君挑選，北、中、南各地都能挑到離家近的單位。」

這位招募員也誠實談到，志願役士兵入伍頭幾年，經驗不足，所以沒有重要工作，每天勞務就是打掃營區。當然，他的論述策略是要營造輕鬆工作的環境，希望新兵們不要把軍隊生活想像得過於艱困、高壓。然而，他的說明卻讓我霎時解答了一些其他的心理疑惑。

從二〇一三年起，馬政府將一九九四年後出生的義務役改制爲四個月。近年對於「當兵浪費時間」的一大質疑，就是從軍生活每天都在拔草。這狀況絕對是浪費時間，沒有太多討論的必要。而且所謂軍隊裡的拔草，是比一般狀況下的拔草，更加浪費時間。我聽到的案例中，營區裡沒有太多草可以拔，但士官仍會限定一塊特定範圍的草皮，必須花滿三個小時拔草。因此，三個小時內，受命拔草的士兵必須安排每分鐘只拔限量的草，避免太有效率，剩下太多時間而違反上級命令。

按那位後備旅招募員的說法，其實很容易理解。當國家對於全民國防軍事訓練的規劃缺乏整體戰略方向設定，過多的義務役士兵等同大量閒置勞動力，部隊單位裡原本建置的士官也難以負擔管理工作。最簡單的做法，就是放牛吃草、放人拔草。就像是一間公司接收大量實習生，但是高階管理層沒有想清楚實習工作內容為何，中階管理層也不可能在實習生毫無準備的情況下，讓其接觸公司的內部工作流程，另方面，根本也撥不出足夠人力管理實習生。

反過來說，當國防改革的整體戰略方向底定，國軍各單位的挑戰就變成要如何讓這群實習生有事做，而且做起事來能獲得意義感。這牽涉到各單位的幹部人力編制，還有幹部素質、屬性、量能與定位。專業者之於新手，不只要指揮，更關鍵是帶領與教學；一方面要能展現既有的專業風範，另方面還要培養出額外的教學與領導才能。

就比如說，打靶這件事，我一直不解，班長們為何不公布成績？

五週訓練，共打了五次靶，鑑測是第六次，加總一百一十七發子彈。前兩次是二十五公尺短靶練習，第一次因為下雨，沒有使用靶紙，也就沒有成績，情有可原；第二次我有收到靶紙。後四次都是一百七十五公尺的標準，靶上的電子線圈會自動感應，因此一射完子彈，理論上就能取得成績。

唯獨第四次，班長有確實將成績抄寫好，公布在走廊。第三次與第五次，士兵們想去問成績，班長們卻都神神祕祕，不講清楚成績能不能公布，只抱著資料夾內的文件，遮遮掩掩地讓我們偷瞄。爲了看自己成績，確認自己有無進步，竟然要像是當駭客一般，莫名其妙。

對於沒有受過軍事訓練教學專業的人如我，想像中一個基本合理的打靶訓練，除了目前教授的安全規範、槍枝拆卸、臥射技巧之外，我以爲至少基本還需包括：

一、總體說明新兵所使用的國造 65K2 步槍，在現代戰爭中武器功能的定位爲何？比起其他武器，包括敵軍使用的武器，效果差異爲何？若眞要打仗了，我們這些步槍兵被分配到的槍枝還是這把嗎？從打靶到實戰，有哪些是能夠模擬的？又有哪些不行？

二、國造 65K2 步槍的彈道理論預測爲何？我們要如何估算距離和瞄準位置？士官要新兵將準星瞄準在靶中央下方，潛在設定條件爲何？又有什麼未知狀況可能需要考慮？

三、確實講解打靶結果，並開放午休或早晨時間讓士兵根據打靶結果，有機會找班長討論射擊體驗，並精進下次射擊方式。

我唯一看到的分數，結果是二十四發子彈滿靶，後面一次「偷看」到的成績，也是滿靶。如果我偷看到的成績是眞的，我想，從小到大保持的優越視力，在現代戰爭中還是有點用處吧。據說，未來國防部會挑出新兵打靶訓練中，一百發子彈皆滿靶的義務役，接受進階狙擊手訓練，日後在國土守備任務中，就能以此專長守衛家園。希望未來國防改革歷程中的班長們，也能夠仔細地重新設計打靶課程，並完整向士兵說明成爲狙擊手的訓練機會。把怒吼的時間，多一些用在自身口條訓練與教學內容的精進上。若新兵能進步，有幸成爲狙擊手，這就是一份榮譽。爲了榮譽而成長，從軍就不再是浪費時間。

## 長官，我想學格鬥術！

輔導長老早就提醒，新兵來到東引約莫接近一個月之際，差不多耗盡新鮮感，生活的規律變得不順眼，部隊的紀律也將難以入戲。

我的解讀，言外之意就是開始想家了，或者是想念起以往熟悉安全的居所與陪伴。不像其他軍人，外島的官兵平時不能回台灣的家，排定的放假都是集中在一年中的特定時段，如此才有足夠長的假期，悠悠搭渡輪越過黑水溝。

對於二〇二四年開始入伍的十八歲成年新兵，如果一個月是外島軍旅蜜月體驗期的極限長度，那等於是還要忍受另外九個月的煎熬。屆時，到外島服役未必是搶手的選項，除非是想逃家，想逃離不舒適的台灣。有趣的是，諸如此類對於原生家庭的怨懟，再投射到對於生活在台灣的不滿，在不少東引新兵聽來，竟然算是稀鬆平常，可說是普遍經驗。

我十八歲在外國的時候，也很少思念家鄉。二十七歲才來當兵，反而在這份外島職業上思索起過往的工作習慣。

作爲一位沒有被分配專長的東引二兵，說穿了就是各部門皆可使喚的派遣人力。在這個不適用勞基法的職業環境裡，每天早上五點半起床，七點四十開工；晚上九點半管制燈火，十點就寢完畢。一週工作六天，除了每週四和週六下午固定的莒光課與社團活動，其餘時候若非戰備訓練，就是一般勤務；後者大概占了百分之九十以上的比例。但如果把每日培育基礎體能的運動時間納爲備戰工作的一環，那麼比例稍稍能平衡回三十比七十。

所謂一般勤務，就是支撐起軍隊官僚與集體生活所需的業務類別，包含行政、衛生、物流、倉儲、運輸、團伙、文宣、公關、清潔、園藝、衛哨、修繕、裝修、餐飲服務、機械保養、機械操作、寵物管理、生活經營等。非常多樣，盡需人才。

當兵當然不至於如派遣工般沒有固定工資保障，不過每天早起都會好奇：「今天要被派去哪？支援什麼類型的工作？」雖然生活環境單調，但是天天猶如遊大觀園四處兼工，工作事項變幻無窮，確實不常覺得無聊。或許，所謂入職新鮮感以一個月爲極限的奧義，就是因爲過了這個時限，部隊再搬不出新花樣來滿足新兵的眼界。

在國防改革正式開始之前，二等兵月薪六千五百一十元，駐外島有加給一千零三十元，總額七千五百四十元。由於軍人在營裡需隨時待命，用這個薪資，算那個工時，時薪費率的確有點難堪。卽使入伍前做個打工仔稱不上大富大貴，但若我要認同義務役軍人這份職業，相當於我得接受我的勞動價値就僅是一小時台幣二十元左右。

也許很少人把徵召服役當作一份工作，然而我卻總想把這份憲法義務視爲一個從未想像過的職業身分。尤其，我也沒在這種動輒百人以上編制的工作團隊裡待過，如何協調、溝通、提升效率，需靠十足的經驗與技藝。說老實話，我過往一路在菁英教育環境裡，也鮮少遇過身邊比例如此多的同學、同事會告訴我，他們不想升職——寧願老老實實做個士兵，勤守本分，不必扛下多於身體能負荷的責任。

做主管並不容易，要理解下屬脾氣，要自己謹守分際，要在必要時刻爲屬下擋難，也要有足夠的判斷力與勇氣保護團隊夥伴。這些不想當主管的士兵，眼裡所看到的主管，似乎是這個樣子。就像我挺喜歡看連長午飯時對軍士官們訓話，大至整個連隊的操守，小至伙房沙拉油來不及補貨，拿麻油來冒充而被連長吃出味道。確實，常進廚房的人當然清楚，麻油不適合直接受熱，溫度高會起白煙，那顯然是油品質變的徵兆。

單純做個兵，就不用上主桌吃飯被教訓。軍隊的作息很規律，早上勤務沒做完，那會是軍士官的責任，要不下午繼續，否則明天再做。若提前做完了，那就納涼歇息，不必太操煩。

總之，時間到了，十一點準時飯廳集合，不像入伍前在外工作的光怪陸離：早上事情沒處理完，午飯延後，下午見人開會，晚飯再延後……直到晚上十點，燈火不熄，只看能不能把握時間把事情收尾，要不然就是還有場會議在線。最彈性、可供調整的永遠是深夜的睡覺時間。

單純做個新兵，尤其是第一個月的新兵，不僅不需做行政管理，心情有時恍如打工換宿。時常被叫去碼頭拉菜，也就是要從輪船底艙的冷凍庫裡把新鮮蔬果搬上軍用貨車。或是掃落葉、擦玻璃、拖地板、倒除濕機的積水。有時跟著去保養機械、割草鋸樹，再不就是替換那些過期的軍用口糧、瓶裝水乃至於彈藥。日復一日，說不上充實，但少了許多壓力。

我曾想過要讓軍旅生活更充實點，提前加速國防改革進度。當班長不斷確認我們新兵有無什麼需求，我點名要學近戰格鬥。爲人詬病的刺槍術其實也是近戰格鬥術的一種，國防部承諾：未來刺槍術將摒棄注重表演的大部隊刺槍，改爲實戰化的雙人對刺。顯然在我的新訓階段，軍隊來不及改革，新兵們仍舊要在長官面前演好演滿，摸不著頭緒這從沒裝上刺刀的槍到底如何擊敗眼前敵寇。

然而近戰格鬥還包含了擒拿、奪刀與奪槍等格鬥術，這些是蔡英文承諾的改革項目，等到新兵下部隊後，必須學會這些技能。班長爽快答應了我的要求，換言之，我也拖了其他新兵下水，使大家做兵必須做得更充實。班長也坦言，連上當時沒有師資，受過訓練、有能力教授格鬥術的班長會在第四週收假回營。格鬥於我雖是完全外行，我卻是滿心期待。

我隨手把這件事寫在輔導長負責批改的軍旅手札裡。本想說平時和輔導長經常互動，我也懶得在這版面上多做文章，就重複寫一些已經反映過的事項。沒算準的是，當周輔導長返台休假，手札由連長批改，再湊巧我的手札被抽中由指揮官檢閱。於是，他們倆便在我的手寫日記上連續批改指示，相映成輝。連長向我承諾，他一定會把格鬥術放入操課，指揮官則要我「持恆訓練」。

如同世界上所有的官僚一樣，有了上級指示，處置速度通常更快。還沒等那位受過訓練的班長回來，連長先叫來幾個班長頂替，即刻開始訓練。增加工作，他們可是百般不願，直到要開始上課前，班長還是搔頭問我：「爲什麼會想學格鬥術？」

我心底有三個拿來應付的答案：「一，打敵人；二，打壞人；三，蔡英文說到就要做到啊。」班長自己回應了第二個，他說，如果遇到量級不同的對手，格鬥術沒用啊！直接跑掉比較實際。然後我說了第三個答案，班長卻苦笑，要我別相信電視上的國防部。「他們說的不一定是眞的。」

抱怨歸抱怨，這位教練班長的擒拿術教學還是挺認眞。我也不確定遠方的國防部到底玩眞的還是假的，但是，至少在部隊裡，當二等兵給出一些質疑後，格鬥術教學的改革目標，在三週內就有了新的開始。如此訓練教學如果能夠再創造多一些新鮮感，滋潤軍旅生活，那是再好不過。

## 我終於等到射擊模擬練習課程

在第六週的時候，我終於等到射擊模擬練習課程。這原本是我從東引學生口中聽來的訓練項目，因爲國小老師平時會帶他們用模擬器做打靶練習。模擬效果的槍枝後座力較小，人員也不必穿戴防彈背心，隊伍不用特別出動一台救護車和急救器具隨時待命，整體需動員的人力、物力相對低且單純。

等到了課程，但是我卻沒有眞正等來練習的機會。部隊之間的橫向確認與溝通，若沒有更上位官階的即時督導指示，似乎都頗爲困難。台灣人，感情先於道理，這是比起軍事訓練還要務實的求生技巧。由於負責管理射擊模擬教室的幹部恰好外出執行任務，而且不屬於我們的連隊，出了意料之外的狀況，我們只能禮貌詢問，不得妄加評議。就算課程早已排好了，前一天也確認過了，現場還是無人有權柄去開教室的那道鋁門。不曉得教室的負責人究竟是忘了，還是覺得無關緊要，反正沒有安排職務代理人，就讓一整個隊伍抵達了又折返。回來後再讓我們的幹部苦惱，要怎麼合理地消耗掉新兵們一整個上午的原定練習時間。

於是我們再去打掃了一次廁所，清理一遍雨後叢密的草皮。梅雨剛走，換來的季節和氣味容易招引蚊虻蟲蛇。這個時節的東引小學生正值畢業，他們在典禮前，要完成三項體適能試煉：環跑東引一圈、划獨木舟跨越港灣、騎獨輪車遊島。小朋友講得興奮，是關於意志與體魄的畢業禮，相形之下，愈生羨慕。

不過，別人月亮比較圓的食物鏈總是層層遞退。在新兵多的單位，一切條件都不如我經歷的，甚至連基本尊嚴都成爲一道命題。我們的士官，有別於新訓，因爲學生少，更願意個別指導新兵——因材施教，反覆向我們確認是否需要針對細節多練幾遍。我也從來沒見過射擊教學班長隨便大小聲。更重要的是，這裡終於不再有負責教學的班長總是甩著一副不耐煩的臉，讓人分辨不出這是軍隊特有的角色扮演，還是他受夠了長年煎熬的職業倦怠。

國防部關於打靶練習的改革事項中提到，未來當一年兵的射擊課程增加「變換射擊位置」、「更換彈匣」以及「故障排除」等項目。事實上，一般的志願役早已採取這種打靶模式，這叫做快速反應射擊。

相對於新訓階段只要求臥射，快速反應射擊還新增跪蹲與站立兩類射擊姿勢，而且目標可能是掩蔽在壁沿後的敵人，或是臥倒後只剩頭部露出的人形靶。士官也不會在練習時擅自幫新兵換彈匣，或是恐嚇新兵：彈道卡彈將導致一個永遠講不清楚的嚴重後果。因爲這些問題，在實戰中都可能遇到，本就應該及早練習處理，而非爲了教學的體面與方便而排除。快速反應射擊據說比起趴在地上一發一發打，也較吻合未來城鎮戰鬥的實務需求。

新兵多的單位，同在東引，光景截然不同。那裡還在練習刺槍術，以及無止盡的向左右前後轉。十分枯燥，罵聲四起。而且還傳出職場 PUA 的典型劇本——

所謂新兵就是爛，就是缺乏社會經驗，就是什麼都不懂，所以快速反應射擊實在太複雜了，不必列爲義務役訓練課程。其實，這個射擊教學的相關指示大約半小時就能完整交代，再用約一小時實地操作，即能上手。剩下就是實彈射擊。

從這個角度來看，推進國防改革一點都不難。只要軍士官願意相信，自己都學得來的東西，義務役的新兵也能透過練習而掌握技巧，而且，他們也理應有足夠的機會與時間學習。更重要的是，即便是只來待上一年的軍事訓練役，也應該有權利，要求負責管理教材的人記得將鑰匙交給職務代理人，如此把握住彼此寶貴時間，再來培養難能可貴的軍事專業。

# Part ④

# 八十年來台灣男孩寫不完的大兵／二兵日記

對於一般士兵來說，改變的希望或許還剩體制內的搏鬥，然而，用「搏鬥」作為基層軍人與體制互動的意象，實在太過於忽視雙方權力基礎的不對等。一枚小兵或基層軍士官的抵抗想必是邊緣、破碎，且毫無章法的。

## 「生活上有沒有什麼問題？」

在東引早起，五點半，起濃霧。

不知不覺回想起來到東引之前，在台南大內營區爲期兩個月的新訓。台南的梅雨季不來，偶爾空氣中飄來濕渾渾的味道，但訊號老是失靈，直到要搬離前的最後一晚，短暫的陣雨才匆匆趕到。訓練宣告結束之際，大夥將寢室的灰塵垃圾全數清出。冒著細雨，折疊被褥，猶如小學畢業典禮前打掃教室的離別儀式。

從國境之南搬到國之北疆，政治地景有天翻地覆的變化。台南街道上找不到一副國民黨陣營的春聯，淸一色是市長黃偉哲的旺兔順利。營區位在陳亭妃的選區，行軍路上，居民見到阿兵哥都面無表情，沿路上最熱情的表達就是感謝陳委員造福鄉里。

連江縣的東引是軍事要地，市區占地不大，店家看到阿兵哥經過，會搶出門外招攬生意。台南圓環內的草坪，矗立著二二八事件遭槍決的律師湯德章塑像；東引的路口則放有全身銅紅的蔣介石，杵著拐杖，立碑文稱他是「國民革命軍之父」。

下部隊後的生活不如新訓階段緊湊。我所屬的連隊，只有四名義務役新兵，編制很小，然後格外特殊。這群人工作天數最短、專長興趣最爲模糊。要怎麼操、能怎麼用？尚未摸清底細之前，管理層似乎都不敢輕舉妄動。網路上有不少退伍義務役警告，萬萬不要嘗試國防部的 1985 專線，尤其班長很怕我們打過去，因爲他們覺得事情會變得非常麻煩。

到達基隆搭船前，隔壁連士官長就問：「生活上有沒有什麼問題？」班長召集時再問一次：「生活上有沒有什麼需要幫忙的地方？」換了一個班長，依舊是同樣問題。晚上輔導長約談，又再確認，隔日見到連長，如出一轍：「到目前，生活上有沒有碰到任何問題？」

問題不大。小編制的立即效果便是減緩不少管理不善的緊張，而且伙食品質明顯提升。台南營區伙房只有四個人，每天要照顧超過一千名官兵的三餐。這個連的編制目測約百餘名，扣除休假、公差、外膳宿、叫外送，準時吃飯的人數大約就五十人上下。煮湯的材料精實多了，雞湯有雞肉、濃湯有南瓜；炒青菜不再過度烹調到只剩下植物纖維的口感，豬肉也少見嚼勁如防彈背心的里肌，多出現油花分布均勻的蹄膀。

其實我認爲新兵們給出的評價多半是理性的，來當兵的年輕人，不是穿上迷彩服就會變笨。生活品質提升，實在沒什麼需要抱怨，首要被鄰兵提出的負面議題，叫做「鑑測成績造假」。鄰兵提到，友人在新訓的其他連隊，有次無意間看到班長在使用的電腦，發現原來在考試前，成績都已輸入好，早等在系統裡上傳。

然後又有另一連的人補充，雖然當時他們的班長不尋常地公布打靶成績，不過及格率之高，實在啟人疑竇。

我想起，當時士官長勸我們儘量參與跑步，因爲慢跑是有氧運動，養成習慣後，就算出了軍隊，也有益於生活健康。想必，新兵們跑步是爲了生活，官兵們假造跑步成績，則是爲了生存吧！

剛到東引時，由於我「看起來比較會處理文書」，輔導長刻意展露出某種內行的眼光，問我做政治倡議有沒有對接過什麼公部門。我想，他是爲了確認我是不是相對熟悉這些官僚系統的「文學」體例。甫抵達東引第二天，我就被叫去編錄政戰文宣了。在輔導長室裡，聊起台灣政黨生態，講到立委黃國昌的人格與評價。輔導長說他在軍中遇不到人可以討論政治，「但是這應該需要改變。」他一邊替我準備卽溶咖啡，一邊如此反覆強調。

## 「我們不會像白痴一樣去翻你們內務櫃啦！」

我們寢室裡合住著一個排，人數二、三十。床鋪和寢具既小巧又粗糙，就跟電影裡、網路上所演過的一模一樣——早上起來要摺好棉被，和枕頭一起設定成置中，並從床頭到最私密的櫃子深處都要求要擺好放齊，這叫做「整理內務」。

摺棉被這件事我聽過千百次前梯次的友人們抱怨了，說實在話，輪到我經歷時，我常常感到百般尷尬。

因爲我摺得相當順手，設定成置中這件事情，我看在眼裡，很是舒服。或許，這也暗示了我的性格就像軍人內務一般枯燥無聊，而我的神經迴路，和我的頭，也如軍隊內務指導原則所揭示的這般方方正正。

不過，還有一個更根本的原因是，我遇到的幹部們其實不太刻意糾正內務這件事。在抵達東引之前，帶隊班長用嫌棄的語氣直言：「喔不，我們不會像白痴一樣去翻你們內務櫃啦，不要擔心這個。」早在新訓階段，內務評分記點會導致失去假日這件事，最後也被證實只是過度焦慮的軍中傳說。

不被吼不被罵，做起事來比較心甘情願。軍隊的管教明顯分爲前台、後台，前者是絕對的權威與一流的門面功夫，後者則是滿滿的同袍情誼。

於是，後台的人習慣分工合作、相互扶持。這樣一旦要把東西搬到前台時，才不會被權力位階更高的官批評責罵，才能保持一個足夠清爽然後可以安全過關的乾淨門面。

同袍情誼這種東西聽起來很誘人，的確，有些時刻也是莫名感染到我。在這個寢室裡的小小的排上，每週都有固定幾天晚上的共同打掃時間，打掃前會由值星召集集合。「集合」這件事在軍隊裡屬於前台，所有人都要就定位，不能嬉鬧，等時間到了開唱軍歌或待命分配勤務。

但是，寢室這個空間屬於後台，後台的同袍之間最講究公平。比如說輪到了爲整個連隊打飯菜、洗餐具的任務，值星負責律定行程，分配工作細項。過程中，值星要每一位成員都發表意見，講出自己覺得這份公差怎麼安排比較好，取得共識後，還要設下違背執行共識的罰則。

說到罰則，會議成員們的視線就開始失焦了。「我們先講好，不要到時候多出一堆意見。」值星爲了要設下「遲到去打飯的成員隔天必須加倍時間打掃」這項規則，他就注視著某位似乎是最可能遲到的成員，眼看沒有回應，值星再補一句：「遲到的話，我陪你一起掃，總可以了吧。」

有時候，是應付門面的共業。例如某天士官長要檢查某項裝備上有沒有繡上名字，但是一位班長忘記這件事。

「啊我不是早就在群組裡提醒了嗎？」值星兇狠地問話。

「沒關係啦，你就跟士官長說忘在家裡就好了。」另一個急公好義的班長幫忙提出策略解方。

「就不行齁，我看你們都有帶，害我已經回報上去了。」值星說完，當事人語帶歉意：「我明早想想辦法。」

值星後來約他私下處理，商討策略。「幫忙喬」雖然是寢室裡互動的日常，但是在集合時間的前台，就必須板著嘴臉，扮起威嚴。這位值星班長最後發現自己沒辦法一邊裝兇，一邊提一些違犯紀律變通手法，這確實不是每個人都做得到的事情。

不過，這些門面規矩，有時候滿令人尊敬。像是新兵們主動在餐後收拾共用餐具到碗槽洗碗，洗沒幾下就被班長們制止，原因是：當天這項工作早就已律定給他們這些班長，沒有額外的命令，就不能讓新兵做。按規矩，我們只能趕快去休息。

連長飯後給幹部們的指示則更乾脆：幹部們應該時時刻刻照顧好士兵的需求。士兵如果有事不敢問，幹部們要覺察，要有耐心，要試著聽到士兵的需求，尤其是新來的幾位軍事訓練役。而且，要記住，沒有士兵，就沒有了幹部存在的意義。

站在新兵的立場，這段指示說的眞不錯。雖然軍隊這個地方，偶爾顧門面的功夫讓人煩躁。比如說，有一門全連應試的測驗，幹部熟練地發下試卷和答案卷，讓幾個人抄寫，最後依序謄上姓名。

偶爾則令我發笑。站衛哨的士兵被遮在簾幕後，他們往往很怕叫錯官階，因此只要是有人穿軍服走過，他們都會立正敬禮，然後向我這個二兵問好：「謝謝長官！」

## 軍隊裡，公與私之間

服役滿八年，快要退伍的班長一副瘋瘋癲癲的樣子。他全身上下充滿亢奮情緒，不斷重複難笑也難以回應的玩笑話，像是喝茫了，卻又十足清醒地把人際互動的尺度放大，也把德性降到低於平常。猶如他身上糾纏著什麼重物，終於快要可以擺脫，人與動物鄰近脫韁飛奔之際的情緒反應都十分用力且異常，就像是快沒電的手機最後總會戲劇性地跳閃畫面。

上一個用力往自己頭上開一槍的東引士兵，其實也只不過是年初的事。檢察官當時的新聞稿輕描淡寫士兵的私領域困擾，並歸因爲網路斷訊：因爲海底電纜遭中國漁船破壞，所以士兵無法聯繫家人與伴侶，「心緒不穩，一時想不開才自戕。」

新聞稿省略了很多細節。其實若來島上走過一遭，就能從計程車司機耳語間的江湖傳言，想像出故事細節的畫面：兩兄弟一起在東引當兵，幸在同一個連隊，卻不幸愛上了同一個對象，幾經糾紛，後來其中一方選擇離開。自此以後，衛哨排班改成兩人一班，以避免同樣模式的悲劇再次發生。

東引指揮部的政戰官這個月找來的心輔講師，不斷強調他交往八年的女友，曾對他殘忍劈腿七次。講師自稱是勉強撐過來了。他勉勵官兵爲善，不妨在人生低潮之際，將手上僅有的財富，奉獻給社會。

雖然他的故事結局還因爲奉獻而帶來更多財富，看似一場報酬率頗高的投資組合，但大多數的士官似乎更關心他如何原諒七次，再愛七次，不捨不得，不離不棄。尤其是那位精神瘋癲的班長，回到中山室又再次用上脫韁的音量嘲諷這場愛情悲劇。

我不確定吵鬧的班長什麼時候才會沒電。連上的軍官們時不時諄諄告誡，別讓自己成爲了別人的壓力來源。軍人並不特殊，即便不是軍人這份職業，工作上的壓力、上下屬之間的衝突都不少見。但是在軍隊裡生活，一切都預設是敞開的。士兵沒有自己的房間，沒有自己可以圍起來的私密領域。不管是抽菸、發呆、賴床，還是閱讀、寫信，其他人都會知道你捲什麼牌子的菸草，看到書的封面和內頁。發現有人最近正在寫信、寄明信片，也就會引起大家好奇，關心是誰哪天收到信，哪天寄出信，或是晚上手機滑到深夜幾點鐘，早晨在床邊的情緒又是如何起伏。

問題或許不在壓力與壓力的來源，而是部隊裡沒有獨自宣洩壓力的隱蔽空間。上回撐不住太陽酷曬，而在執勤時暈厥的士兵，立刻就被指出他晚上就寢後服用過量的手機。集體生活中，身邊人用盡全力給出關懷，但是同時也可能自作主張地在公私界線之間，牽繫起連當事人都未必知曉的因果關係。

要怎麼尊重個人界線內的自主範圍，要如何維持對等的平衡，不至於產生人際壓力，又要最大程度地給予同袍們愛與關懷？當代台灣社會都還沒完成精神改造的自由、平等、博愛，在軍隊裡當然也是值得爭論的命題。有個細微的爭議曾在軍官與士官之間短暫蔓延，一位軍官糾正一位士官的管教模式裡混雜太多道德說教：「要想想，我們軍人爲何而戰，是爲中華民國的生存發展，而不是中華民族的道德仁義。」

「中華民族」這詞是我自己從句子中腦補出來的，因爲我也常被那名班長道德說教。在他眼裡，新兵總是搞不清楚狀況，他也總是非常耐煩地不斷用不耐煩的語氣說教。有次獨處時，他對我說訓練役來到軍隊裡的時間太短，因此沒什麼軍事上的東西能夠教給我們；但是，在這裡可以學到「爲人處事」的道理，未來在職場上都將十分受用。

按照他的說法，在職場上，要時時刻刻照顧好上屬的脾性，見到上司要熱烈地打招呼，也要注意到舉止與儀態是否踰矩。比如說，何時要跟主管並肩走，何時不行。我又腦補了一個場景：假如我在研究院裡次次遇到人都熱烈地大聲問好，我想像中的那些學者，大概會對我避之惟恐不及，不敢被我在走廊上堵到，氣氛實在尷尬。

然後這個班長就被投訴了，因爲他成爲了別人的壓力來源——當事人似乎把道德說教的狀況寫在被批改的日記裡。雖然事後他的臉依舊很僵硬，語氣也很強悍，但我總覺得能聽出些許失落。小時候我還沒長好時，那些用力想把我們教好的小學老師也常常流露出這種失落。現在我一丁點都聽不進去了，就像那位投訴班長的當事人一樣。在軍隊裡學到了很多道德仁義之後，我還是在軍旅手札上寫著，希望能多教一點軍事，爲了這個國家的生存與發展。

## 合理的要求是訓練，不合理的要求是磨練

鄰近退伍，心血來潮翻出《報告班長》的 YouTube 連結，想驗證讀小學時，作爲龍祥電影台的忠實閱聽者，長期被塑造出的國軍印象，與我現在的體驗有何不同。

不意外的是，這部軍教喜劇片的時代經典之作，實在非常難笑。以性、身材、族群歧視組成的笑哏，尤其尷尬。我又再次毀掉一個童年回憶。不過，若從戒嚴時期的時空脈絡來評價，這部電影或許眞有革命性的突破。畢竟如果連部隊長官的權威都可以拿來當作玩笑，禁忌一旦打破，整個黨國體制也未必能夠藏得住什麼神祕的高深莫測。

剛入伍受訓時，有幾個生活場景與童年的我之間存在聯繫。一個是整隊的方式：向右看齊、中央伍為準，這幾個口頭指令從國小使用到高中，來到軍隊只不過是再複習一次而已。一直到大學，看到香港學生集合在宿舍樓下的平台玩集體規訓遊戲，資深的學生學軍人口氣對新生恐嚇叫囂，一群人在深夜鬼哭神嚎，我也已經見怪不怪。

其次是排「講話隊形」，也就是前、左、右方各一個區塊分別列隊，中間站一個領頭人發布指示。在第四台還是家庭娛樂重心的年代，我看過《報告班長》重播不下數十次。雖然遇到廣告就切換成下一台，每次都只擷取到片段的劇情，但電影場景裡的講話隊形卻印刻在記憶裡，十分清晰。

片中除了把歧視與羞辱當玩笑的不合時宜與不知所云，如今回顧，還有一點格格不入，就是把基層軍官演得太老了。我在新訓單位入伍後，才理解軍官與士官之間的角色差異：帶兵操練的是士官，指揮統御則是軍官，兩者職權相迴，晉升途徑也不同。士官位階的頂端叫做一等士官長，他們在我的部隊裡最高編制就是副排長，同袍之間習慣稱「排副」。但是年輕的軍官一到軍隊裡開始上班，最初的職務可能就是排副之上的排長。

於是，我在新訓單位才會見到高排長一、兩級的連長，皮膚還是水嫩白皙，雙頰滿是膠原蛋白——如果沒有穿迷彩軍服，稍不注意，就會被誤認為是新兵的那種身型與氣質。《報告班長》裡關於連長的選角，卻是一臉老練，還能用世故的姿態教導班長該如何帶兵又帶心。然而在新訓時，任誰都清楚，在連隊上，士官長才是「土地公」，所謂眞正握有地下實權的角色，他時而嚴肅、時而寬懷的臉，看起來有許多藏在皮肉底下的表情。

東引部隊裡的排長們則多半動作生澀，在集體生活中占據不了太多存在感。工作態度誠懇的他們，擔任値星官時，一旦要負責當週所有業務的統籌工作，通常加倍緊張，往往備受責難。排長若出錯，權威地位受損，就管不動底下的班長和士兵，結果顯得形單影隻；再不巧遭連長發現，便會當著所有人的面前被數落一番。

多數時候，排長們總是猶疑不定，遲遲不下判斷。像是新指揮官上任，首度來連上清點兵器，該就位的幹部都已經到指定位置上執勤，不巧剩下五名士兵，含沒事做的三位義務役。

事實上，當天課表有排定義務役的訓練課程，這源自於值星排長在喃喃自語之中說溜嘴的資訊。他一邊嘀咕，一邊低頭思考該怎麼辦，剩五名士兵，當然也沒有足夠師資教授課程。更困難的是，他必須維持乾淨部隊門面，以免讓指揮官發現有人沒事做。最後，他總算從深鎖的眉頭之中，勉勉強強擠出一個方案，派我們到遠處的坑道口掃落葉。

那個坑道口位在樹林裡，隨行的志願役士兵一路上破口大罵。他說這位值星排長第一次接任值星官，經驗不足，也不敢向上級請教，才會出現這種在樹林裡掃落葉的荒唐安排。我們聽他抱怨，同時得不斷揮舞雙手，因爲一停下來就會引來滿手嗜血的蚊子。一行人爲了閃避指揮官，必須躲去樹林養蚊子，這方案怎麼想都不合理，果不其然，抱怨聲餘音未了，值星排長就打來電話，命我們回到營裡躲蚊子。志願役士兵掛上電話後，向我們擺出一副耐心陪伴年輕軍官成長的無奈樣。

不只士兵，他們也常常被士官打斷發言。新指揮官終於離開後，我們回到連上收拾兵器，值星排長帶著一群班長忙著組裝軍官用的手槍。多數幹部其實沒有學過流程，值星排長本人也操作得相當生硬，動作亂成一團。我在旁提醒他一些小技巧，他指示我幫忙組裝剩餘的手槍，但是士官見狀卻大聲呵斥：「不是幹部不能碰槍！」值星排長因此也只能摸摸鼻子讓我去整理彈匣。

拆卸與結合手槍的技能，是在前一週做爲閒置人力時學會的。當時負責管理槍枝的班長看我沒事做，要我支援保養手槍，我也順勢摸熟了這支槍械。來到軍隊接受訓練，課表上不該學的學到了，反倒是該學的卻學不齊全。這可能源於師資不足、裝備不夠，也可能是排長們還無法熟練地使喚一群嗷嗷待哺的軍事訓練役。另一位排長擔任值星官時，照三餐被連長訓話，因爲他口條不好，個人狀態也不若典型軍人該有的精實壯碩，工作常常丟三落四。

有次終於等來戰傷救護課程，由這位值星排長負責教授，他準備了九十七頁簡報，才講到第七頁，就被士官長打斷了：「好啦，大家知道，島上醫療資源不多，有什麼嚴重的傷害趕緊送南竿就是了！」課程於是草草結束，枉費值星排長前一天特地在晚飯時湊過來向我透露，隔天他準備了救護課程，要我好好期待。

《報告班長》有句傳頌至今的名言：「合理的要求是訓練，不合理的要求是磨練。」當然，年輕軍官們對義務役的要求並不苛刻，但是合理與不合理的判定為何，可能要由義務役自己去導正。就像是排長要我們到垃圾場等垃圾車，一等就是近三個小時。在東引，垃圾車是等不來的果陀，不過能夠耗費三個小時在垃圾場看書、看海，我也樂得輕鬆。直到第三次等待，我實在有點樂得發慌了，終於打去鄉公所，問到了垃圾車的電話，再送去給排長。五分鐘後垃圾車抵達。我不曉得，排長最後有沒有意識到，倒垃圾這回事，若事先打電話把時間問清楚，其實會是一個較為合理的工作方法與順序。

## 希望有一天，多出來的坦克不用埋起來

與我同樣在二十七歲時，曾去莒光島當一年兵的社會運動「學長」陳廷豪知道我在東引部隊服役後，火速寄來好幾本關於馬祖的著作，填補我的生存所需。我到了退伍前的最後一個週末，讀完他的禮物，最後一本正好也是他所著述的《莒光作文簿》。

廷豪在書的開頭寫到入伍前的感受，就和我一樣，軍隊的文化體質之於他，初來乍到時總是格格不入。書中，他身邊當兵的長輩和朋友，曾提過一個裝備檢查的軼事：外部高層督導官要來檢查部隊裝備，結果前一天清點時竟活生生多出一台坦克！於是眾人動員起來，打算連夜挖個洞，想把多餘的這台坦克埋起來。

我讀到這裡，不愼笑到岔氣。再往下讀，我才發現，廷豪引述這則故事，行文目的在於說明他當時抓不到笑點，尤其是這些「只有當過兵才聽得懂的術語」。我頓時感到十分尷尬，原來我的身心狀態已經可能讓身邊還沒當過兵的男性，或是仍不需當兵的女性感到「像是在講什麼小祕密一般」。

接著，我戒愼恐懼地檢視，爲何我對此「裝備檢查」的笑話主題感到趣味。我實在一則以喜，一則以懼。一方面，我反覆咀嚼故事，又忍不住咯咯笑了一陣，另方面，我腦中湧現的畫面是數個月以來，身邊國軍同僚在工作倦怠時，曾對我表露出的百般無奈。

軍隊生活很壓抑，說穿了，原因不只是主事者害怕外部問責，還包括這裡的資訊環境相對一般私部門的行業更加封閉。軍人就算對外揭露工作上不滿的情緒，親密的伴侶、家人或朋友也不一定聽得懂，媒體、政治圈也少有人眞正理解問題所在。所以，問題還來不及解決，提出問題的自己反而可能先被處理掉了。對於一般士兵來說，改變的希望或許還剩體制內的搏鬥，然而，用「搏鬥」作爲基層軍人與體制互動的意象，實在太過於忽視雙方權力基礎的不對等。一枚小兵或基層軍士官的抵抗想必是邊緣、破碎，且毫無章法的。

如果眞的多出一台坦克，爲何就不能坦然地呈現出多了一台坦克的事實？然後直面問題，探究原因，再尋求解決途徑。若要問責，就檢視各級人員職權歸屬，依比例原則處置。

當軍中不允許這樣做時，動員起來埋坦克便顯得引人入勝——因爲至少還有不少同袍願意一起承擔變故。卽便這明明白白就是在「掩蓋」問題，但是衆人若能有所行動，都還是讓現狀有機會演變爲更加大膽、刺激，且饒富趣味。畢竟，誠實揭露坦克的存在，結局反而可能被處理得囫圇吞棗，也讓人感覺平白無故遭受責難，實際的問題和疑惑最後更可能不了了之。

對於四個月的軍事訓練役來說，其實難以如待了數年的志願役一般，親歷這麼多不平、無奈和倦怠。對於我們的不滿，軍隊高勤官們表示過幾次體制內申訴的機會與誠意。指揮部的政戰主任在我們鄰近結訓之際，把所有新兵召集到大禮堂，再一次鄭重徵詢是否有任何問題需要反映。他甚至承諾，就算是離營退伍之後，只要願意打電話給他本人提出意見，他都一定會受理。

當然，所謂受理，不見得換得來申訴人認同的合理處置。現場也不會有人敢於講些什麼；就算有，連隊上的政戰官事前早就採取預防性約談，以免新兵果敢直面高勤官提問而造成尷尬。但至少在形式上，這個體制還算大方接受軍事訓練役對軍隊打分數，並設法徵集批評指教。

下一個問題在於，當四個月的兵，會有什麼批評指教？若有，我認爲主要並不是源自於生活不滿，而是訓練內容與意義的模糊與混亂。

台灣絕大多數曾服兵役二到三年的男性老兵，常調侃四個月的軍事訓練——入伍只不過就是去了一趟夏令營。雖然兵役制度改革將在二〇二四年正式開始，但屆時滿十九歲青年的役期不但不受影響，許多人還要再等到三年後完成大學學業後才入伍，也就是一直到二〇二七年都有四個月的兵。甚至會有書讀得更久的碩博士，可能延續到二〇三〇、二〇三二年，都逼近了當前中國預計攻台時程表的極限選項，我所屬的這批「夏令營世代」的尾巴才算眞正終結。

吃苦與磨練是台灣中老年男性軍旅記憶的老生常談，進出一趟軍營，往往還被視作「男孩轉男人」最精實的轉骨配方。相形之下，四個月「夏令營」似乎談不上是眞正做兵，只是聊勝於無，我的連隊甚至放棄訓練我們站哨兵。

其實，若到外島當兵，「營期」還會更短。表定四個月的役期，實際離營的時間則是滿三個月後的第七天清晨。因爲四個月並未計滿兩大月、兩小月的一百二十二天，而是十六週整的一百一十二天，再加上會在學校修過軍訓課能折抵五至十個天數不等，在外島又有十天週末休假移轉到役期尾端。一番計算下來，幾乎要扣掉一個月時間。

我的短役期正好錯開七月底漢光演習的實兵操演，而軍事訓練役本來就不會被派駐到基地培養作戰能力，也不會遇到下基地前，針對特定兵種的武器操作訓練。以上種種因素，都一再坐實「夏令營」的指稱。

國防部在延長兵役的改革藍圖中，特別強調未來的一年兵，除了在入伍訓練後，分配到不同單位接受「駐地訓練」，還會經歷分別爲期數週的「聯合演訓」、「基地訓練」與「專精訓練」，也就是我所錯過的那些訓練機會。

簡單來說，若輪到要離開駐地單位，下基地，就不必天天在軍營裡掃地、搬重物、清水溝了。在東引部隊兩個月以來，符合原先想像中軍事訓練的內容只包括一次打靶練習，擊發三十六發子彈；一次手榴彈投擲練習；一次擒拿術教學。

從這個角度來看，我想向政戰主任建議：當國家預備要加強動員青年服役，首先倒不如誠實且仔細地說明軍旅生活的常態，把條件談清楚。甚至要把一年期間當中，每一個細項的訓練密度都羅列清楚，若有彈性調整範圍，也須先行評估範圍大小與構成因素。這並不是說，入營服兵役就必然要狂熱地天天練習射擊，舉例而言，打靶練習後需進行槍枝保養，甚至說，集體生活就是得仰賴衆人分工打理生活庶務。這些安排本都具備合理基礎：軍人爲了得到妥善訓練，必須花時間清潔訓練環境，不無道理。

但是，作爲義務役士兵，不論在入伍前、下駐地部隊前，或是任何時間點，軍隊裡從未有人向我們清楚說明一套預定的訓練目標與綱要，以及我們得共同負擔的非訓練業務爲何。這就像是一份徵聘條件不明不白的求才廣告，國家要求加入，我們也就沒有質疑或拒絕的機會。

不過，我還是能感受到這座體制的緩慢變化，有志之士都想抓起那道名爲道理的準繩。輔導長屢屢向官兵宣教：幹部管教下屬，勢必要講規則，談對錯。不可以體罰，不可以濫用情緒語言，只能按規定建議懲處。

在這個準繩之下，只要權力愈大的人勇於扛起應該的責任，那麼道理就能夠明白一點，多出的那台坦克也就不見得要埋起來了。

然而，今昔對比，人們總是對於改變產生徬徨，軍人亦如是。輔導長也向我提出擔憂：以往操練士兵，最起碼都是伏地挺身一百下，然後資歷最老的軍人先休息，其餘人多做二十下，以此遞進，最後會留下精疲力盡的新兵。現在，新兵乃至於基層幹部普遍都操不動。以前和現在當兵的體驗到底有多大差別？家中老兵之一，也就是我爸，曾描述過一個險些死人的場景：入伍新訓鑑測的震撼教育要求匍匐爬行，上空同時會有機槍實彈掃射，當時有位鄰兵身體不適，擅自採跪姿而抬起頭來，子彈就不巧劃過他的鋼盔邊緣。

這種大難不死的荒唐情節，在當代台灣軍隊近乎絕跡，也理應消失。取而代之的案例則是政戰主任三度要求連隊的幹部，不准義務役搬砲彈，因為砲彈太重，可能導致其受傷。而連隊幹部也爲此爭論了三次，他們認爲不該過度保護義務役新兵。

廷豪寄來的新書，裡頭留給我的話是「平安退伍」。我現在覺得，比起我自己，這座島上官階比我大的軍人，都更迫切地祈求我能平平安安地離開。有次我在運動時間自主出外跑步，繞島半圈，回到營區後竟發現，連長、排長、班長都在找我，因爲他們擔心我中暑。安全士官嚴厲向我說，軍事訓練役是要受到照顧的，因此別再一個人出外運動了。使我更納悶的是，當時全連都清楚知曉我的慢跑路線，但是沿路上，我唯一打過招呼的軍人是也正在運動的指揮官。難道，預防四個月的兵中暑，竟還勞煩指揮官特地通報回營？

不論實況爲何，台灣人的軍隊所面臨的問題，從需要擔心一個義務役是否能平安退伍，漸漸演進成要考慮這個制度的訓練成果，是否能夠眞的爲台灣帶來平安順遂。重視訓練安全，這無疑是一種進步，但我們提出的下一道解方何時又能得到有效驗證？

應該說，改革總需著眼於時代議題，不會終止，而端看這個體制有沒有足夠的自我革新能力與潛力。這麼看來，或許是當某一天，所有現役軍人聽到埋坦克的笑話，都會像是入伍之前的新兵一樣，找不到笑點在哪裡。那個時候，準繩有了，道理有了，無奈與倦怠少了。天漸漸光，從軍也能滿是蓬勃朝氣。

# Part ⑤

# 東引，東引（有時還有香港）

這個「帝力於我何有哉」的蕞爾小島終究還是遇上冷戰時代的堅壁清野，島上與島嶼邊緣的非正式武裝力量不再有不選邊站的可能，陸續被收編進蔣介石反共救國軍的「自由民主」大隊伍裡。

## 帝力於我何有哉？

香港城邦興起的神話之一源自於最初的小漁村，「開埠」之後，百餘年的奮鬥讓這座城市——而後是祖國——蛻變為現代化指標上領先優越的金融之都。

走入二十一世紀，代言香港的城市景觀，非維多利亞港的繁華夜景莫屬，然後才是催淚彈與血，以及國安建制加上非人性的恐懼。

不過當我登島東引，立刻湧起的記憶就是香港。那個場景十分吻合小學作文經典句式：渡輪終於靠近港口的水泥延伸堤，首先映入眼簾的是巨大的花崗岩塊。上頭覆蓋一層淺植被，猶如上帝使盡力氣鑿入石頭一樣，難以想像這種硬邦邦的質地還能夠長出綠意盎然。

第一次徒步環繞南丫島，第一次搭纜車俯瞰大嶼山，第一次坐機場快捷，駛離香港島後，沿路所望的山壁土石，景象皆是如此。

香港開埠後湧入的資本與技術，把這片自然成功金融化了，也許是留下一些開發成本高昂的花崗岩地，湊巧來填補我這類留學生的觀光印象。至於東引的開埠應該也被寫入大英帝國航海殖民史的一個小節，而且是更加戲劇化的轉變。

英國拿下香港後的第四十年，一艘載滿貨物與信件的蘇布倫號（SS Sobraon），從上海出發後卻不幸在暗夜的濃霧中偏離航道。船隻撞上東引島北方的礁岩，底部船板破裂，海水湧入後急速下沉，全員被迫緊急棄船逃生。據說這片海域水淺，近岸水深只有十公尺上下。蘇布倫號彷彿當年叩關日本的那艘美國黑船，把這座未有「外人」知的島嶼，拉入殖民主義全球化時代的尾聲。不過，開港通商後的日本及早完成了軍事現代化，統治海峽對岸的島國五十年，還轟烈地進犯東亞諸國。而不巧沉沒在東引北面海域的輪船，則是直到現在，才由台灣派來的探勘團隊，開始進行現代國家所資助的測量與調查。

當年獲救上岸的那批乘客與船員，相繼被載往香港。商業巨輪啟航才一年，就觸礁沉沒，爲了避免再發生這類鉅額損失，依《天津條約》第三十二條「通商各口分設浮樁、號船、塔表、望樓，由領事館與地方官會同酌視建造」，英籍清國官員、海關總稅務司赫德（Robert Hart）決定籌建東引燈塔。當時清國海關營造司裡負責建造燈塔的外籍官員哈爾定（John Reginald Harding），也是台灣最南端鵝鑾鼻燈塔的工程師。

相對於二〇〇六年由馬祖國家風景區管理處才建置的「國之北疆」界碑和觀景台，燈塔是古老東引的象徵。一個向東、朝南，另一個面北、迎西，兩者分別落在東引區域的對角線上——事實上，北疆的界碑位在「西引」，這是東引內部再往西邊去的一座島嶼。

在殖民主義全球化的「大航海時代」裡，東引的燈塔用來指引航經台灣海峽的船隻。然而在越過資本主義全球化之後，當代地緣政治格局則讓國之北疆的意涵突顯台海戰役的前哨要位，這裡定義了我們國家的主權範圍，當世界各國談到這片海域，紛紛表示要維護商貿航行的和平與安全。

就觀光文宣的有限記載，燈塔出現以前，島上與島嶼邊緣的人民，能夠簡單區分成漁民與海盜。而且當漁民要搶奪資源時，就成了海盜；海盜討海捕魚時，便當做是漁民。我們的連長，要我們有機會必須好好逛逛島上的隊史館，那裡記載了東引地區指揮部的過去、未來與源遠流長。他還用了一種類近神祕的語調，據說東引部隊可說是海盜的後裔。

的確，這個「帝力於我何有哉」的蕞爾小島終究還是遇上冷戰時代的堅壁清野，島上與島嶼邊緣的非正式武裝力量不再有不選邊站的可能，陸續被收編進蔣介石反共救國軍的「自由民主」大隊伍裡。島上與島嶼邊緣的人民，簡單分成島民與軍人，但是自始，島民是島民，軍人是軍人。

軍人有軍紀，島民則要活在倫理綱常之中。反共救國軍在島上各處挖坑道，蓋豬舍，起國宅，佈砲台。然後在接近燈塔的海蝕溝，就是那些傳說海盜出沒的所在，那些解放軍不太可能爬上來的斷崖，設下「烈女義坑記」的碑文。但是，碑文中的海盜可不是接受國家收編之前的軍人，海盜可是姦淫擄掠的惡人：

「清末光緒年間，政綱失常，天下大亂……掠奪漁船，殺其主人，奪一女子……欲玷污之，堅拒不從……賊怒，乃以刃加其頸，勃然曰：『從我生，逆我死』，烈女叱曰：『我良家女，死不受辱』……潛逃而出，至海濱懸崖，西望慟哭，自投崖下而死。」

民國七十六年、西元一九八七年，當台灣各地已經掀起民主化的烽火，反共救國軍才剛剛在解嚴前立碑紀念這位女性剛烈的倫理典範。

西元二〇二三年、民國一一二年，數十名來到東引服軍事訓練役的國軍，趁著一日島休，徒步來到這些景點觀光。如人們常說，東引很美，有燈塔，有海鷗，有遼闊的海島風情，以及拍打在花崗石壁上、捲入陽光而粼粼閃亮的細碎白浪。

## 「神在北疆」

晨起的雲霧千變萬化。東引島的地勢陡峭，海拔最高一百七十四公尺，軍營也設在制高點上，清晨時分總是被一片片稀薄的雲水包圍起來。這裡的霧，有雲的形狀。凌晨六點以前，太陽還等在後山升起，不遠處景色反而朦朧地像是茶園風光，除了寢室門前那株湛藍茂盛的洋繡球花。

風大的時候，千萬粒水滴在低空迴旋呼嘯，凝結成風的形狀。海在低窪，風在高點，空氣裡沒有鹹味。早晨的霧氣若不沾上雨露的濕重，表示將要迎來一個晴朗的好日。我在春夏之交來到東引，幾乎沒有遇上壞天氣。晚飯過後，我有時望向海天之際那比島還厚實的層雲和晚霞，常常誤以爲風颱將至。

在東引服役，看海天風光，也看天吃飯。這幾年颱風要來不來，輪船同樣要開不開。當風急浪勁，船班受阻，連長說他遇過三十多天不開船的情況，冰庫的儲肉近乎見底。當時正值烏魚產季，他只好採購島上一尾台幣五十元上下的烏魚——台灣人珍視烏魚肚內的烏魚子，幸好留下不受青睞的烏魚肉，在冬日填補官兵的蛋白質需求。

東引在中華民國軍隊介入屯墾、屯牧以前，是盛行鴉片種植的產地。島上產毒，海裡則能捕撈到「黃金」。貴稱爲稀有金屬的黃魚，肉的質地比烏魚更加細緻鮮美。依《東引鄉誌》記載，每到春天，馬祖列嶼各船隊會集結到東引捕撈黃魚，但是長久下來，過分炸魚的手段造成生態破壞，導致這盛況已不復存在。

至於製毒與販毒這回事，自然不在軍隊所能容忍的範圍。就像是每週日島休結束，軍事訓練役總是要準時回營驗尿，深怕我們這群新兵神來一筆，利用不足十三小時的休息日，能在這早已不產毒的東引島上，挖掘到早年毒梟遺留下來的祕藏。

據說十八世紀末流連於福建沿海的大海盜蔡牽確實留下了一份大祕寶，東引流傳著一段通關密語：「吾道向南北，東西藏地殼；大水密賣著，小水密三角。」答案就是藏寶之處。只是這段文白夾雜的民俗故事，早就不再口耳流傳，與那份寶藏的祕密一般命運，被收藏在輔導長室櫥櫃裡，所謂那些無人聞問的文史資料之中。

東引歷史上的蔡牽，應該算是帶來安全與秩序的一方之霸。他號召的兩萬名追隨者，人數規模或許不亞於當今台灣政府在馬祖周邊各島的駐軍。雖然他在台灣西部沿海的村民眼裡，算是個放火劫舍的外來惡霸，但至少在東引，他是位有實力的造廟者。東引南澳臨海的天后宮，據說就是他率領一眾海盜起而建之。就當代選舉行情的標準，蔡牽也算是位正直到足以參選中央公職的實力派人士了。

不過天后宮作爲一項海賊王的政治遺產，其影響力老早由東引指揮部所接收。廟裡橫樑的匾額，大多是指揮官和參謀長題字致贈，高階軍官取代了宮廟裡那些慣例上是留給總統或行政院長的位置。按題字的意涵，他們意在祈求媽祖保佑島民，安身立命，也保佑漁民，出海捕魚，平安歸來。

冷戰時期，軍人的需求幾乎就構成東引經濟的全部驅動力。況且，在「戰地政務」的限制下，常民生活也受軍隊管制，所以向神明求平安，也要向軍隊的長官求溫飽，或許這是軍官興廟題字能毫不違和的社會結構基礎。軍人要吃肉，於是建起了豬、雞、牛舍，農復會還給了種苗與農具，島民跟著耕田種菜。軍人需要什麼，他們便生產些什麼。

假設渡輪停航發生在那個時代，平時不夠肉吃的軍事訓練役，大概沒有機會題字在沙灘上①，再讓媒體發現。除了戒嚴時期沒有主流媒體能夠問責政府的因素之外，由於軍隊糧秣的供應源就駐留在島，即便海裡不再有黃魚可捕，陸地上都還有豬雞牛肉可以選擇。

然而，拜冷鏈技術發達之賜，軍營的各連隊從三十年前起，就改由台灣叫貨。大貨櫃裝載的冷凍豬雞牛，進貨成本勢必比島上的溫體肉低廉許多，何況還多出羊、鴨等肉源可挑選，甚至薯條、炸雞和冷凍燒賣都是常態品項，生鮮蔬菜水果更不會是例外。其實，按照這個道理，只要是能大量生產、冷凍處理、價格不要太貴的食物都是貨源，各地食品廠商都有機會做東引軍隊的生意。

因此，軍民的經濟連帶也轉變了。軍人現在要的不再是那些部隊裡免費供應、以求溫飽的伙食，軍人要的是減少常駐外島的相對剝奪感——倘若自己在島上也能像在台灣一樣消費，那麼一切都會變得合理許多。

電商平台上有賣的，大概在島上的 **7-11** 都能取貨。於是島上必須有人開手搖飲料店、鹹酥雞店、休假日能趁早出營光顧的台式早餐店、逛完景點後避暑的豆花店、零售東湧高粱的雜貨店。島上商家的食材原料同樣來自台灣，運輸成本墊高終端售價，所以離島的商品總賣得略高於台北價格。但是，只要能補償消費體驗的不平，軍人們便樂此不疲——就像假日網咖一定客滿，即便要求低消是包下整天，要價三百五十元。

我也不曉得，是否因爲軍民關係的改變，鬆動了當地的選票結構。當然，大致上維持不變，國民黨總是占多數。二〇二〇年連江縣東引鄉不分區政黨票結果顯示，國民黨獲得票數接近百分之六十八，民進黨則是近百分之八。另一個新興崛起的民衆黨，還比民進黨多兩票。其實現在天后宮橫樑上的衆多匾額中，神像額上最重要的位置已經不是留給指揮官。贈字人是柯文哲，他的匾額寫「神在北疆」，風格迥異，是唯獨一幅題字沒有提到神對人民的恩澤與慈愛。新聞報導鄉長當時「會心一笑，覺得頗符合柯P的風格」。在廟裡，柯文哲大於指揮官，而這個柯文哲也搶在國民黨總統候選人之前，喊出要在離島蓋大橋，通往中國經商通航。中國國台辦說此舉是順應民生訴求。

而在這民生訴求消費主義的當代，經營餐廳的東引人還是留下少許豬舍、雞舍。這個歷史痕跡，雖然不夠軍人吃，不過現在的旅客，以及扮成旅客的新兵們已經習慣以四百到六百元不等的價位，爲求品嚐餐廳主人講述他們如何用心料理當地食材。

結果餐桌上還是沒有出現黃魚。老闆在食材供應不穩定的情況下，通常也不會提出菜單。島上有間賽車手經營的餐廳，他的無菜單料理流程上，第一道就擺出東引溫體豬。老闆不提，我竟然還沒有注意到：豬舍就在寢室下坡路上數十公尺處。我吃的豬隻們，原來平時就和我遙望著同一片風景；我們早起時，就是被同一片雲霧繚繞。

①根據《中央社》報導，二〇二三年三月，有三名軍事訓練役士兵在馬祖西莒青帆港沙灘留下「馬防部伙房主菜是白飯」、「馬防部伙房都沒肉」、「肚子餓都吃泡麵」等字樣。經監委調查，其實是因海象不佳及輪機故障維修等因素，無法從台灣本島運送冷凍副食品，於是以軍用罐頭肉類料理作爲主菜。

## 「憑票入場」

島上餐廳的女性經營者遭義務役新兵言語騷擾，並且是相當嚴重的性羞辱。近期這則故事成為軍中傳言，沒有被張揚證實。故事裡，這位當事人，二十歲出頭的男性新兵，他被描繪的精神狀態像極了那兩位來自頂大學府競選政見公告欄的小夥子，他們可能自以為，這只不過是一個可以輕輕帶過的惡趣味。眾人見證了現場，從驚訝轉為義憤，餐廳主人果斷報警，軍隊對此做出懲處。軍民一家看似相安無事，彼此共生了數十年之久，但是惡意與傷害老是無所不在。

軍人與性與惡意，在這個社會的文化肌理當中能夠找到太多異於常態的聯想與素材。但是也有一種可能性：台灣社會日常的低俗便是如此，但是軍隊首重秩序的質地，更襯顯出這般俗不可耐。

猶如社會尋常，有自處優勢地位而不自知的新人，也有掌控權力而爲所欲爲的老官。二〇一五年，時任指揮官醉酒後闖進女官寢室，涉嫌騷擾女官兵而被調職。我平時所見的部隊，惡意鮮少被當作玩笑，但這個穩定常態似乎並非文化教育使然，而是獎罰懲治架構出來的人際秩序。若是遇上外界的性平爭議事件，生理男性軍人隨口的反應卽便不至於質疑受害者，也是表達「被舉發」的焦慮，因爲不懂拿捏究竟要怎麼與異性相處。

身旁多數軍人心底可能從未想明白，爲何爭議會是爭議，爲何惡意會是惡意。但因爲上級要求，軍隊就要嚴格督導各級官士兵，防範傷害發生。

譬如還沒來到東引之前，部隊爲了完成鑑測，新兵塗上滿臉碳粉。結束時，有兩名訓員在室外洗手台，將上衣脫下來盥洗，洗掉沾滿胸口的黑漬。班長見狀，對其猛烈咆哮，嚴厲斥喝：「你知不知道這事可大可小！」我本以爲怒氣源頭是服裝不整，因爲我難以聯想，平時隨著性意味玩笑依舊能夠交際順暢的士官，怎會如此嚴謹看待盥洗台旁裸露上身的新兵，以及可能造成的性騷擾，甚至立即呈報連長請求懲處。

對於身處優勢的族群來說，若要審愼覺察惡意，尤其是自己產製的惡意，勢必需要不斷自我學習與練習。光靠獎懲機制，而非養成內在的文化慣習，常會出現突發性的失靈。據士官們八卦，其他連上的士官長教訓新兵竟然口出族群歧視的惡言，用一句「死番仔」釀成部隊秩序天翻地覆的震盪。高層又要緊急開會議決懲戒。

那一團高層，據說近日連連開會，上下老少都出事。例如有位喝醉酒的義務役，把啤酒喝一半再放回便利商店冰箱，然後假日闖進民宅隨意丟出一句：「這裡有沒有特殊服務？」

這種層出不窮的下流到底是要以教育失能來解釋，還是單純只是軍隊管得不夠嚴？思考更爲勤奮的軍官們或許對此陷入兩難。面對下流，連上的軍官開會時，被迫提出如何強化管理的方針，最終還是由一位中尉點出：「爲何別的連隊所犯的錯，竟要由我們來糾結軍人該如何被管？」

那如果是教育的問題，又是性別教育呢？還是歷史教育呢？東引此地保留了當年「特約茶室」的營業場所，現在場所的舊址被隱藏在村中小徑尾端的草叢後面。除了建築體之外，所有經營性交易的痕跡都幾乎被抹除。大廳的內門上緣，貼有「憑票入場」四個紅字，往門後望去的數個工作隔間，滿地皆樹藤與花蔓。當年爆發未成年者被轉賣爲軍中公娼的爭議，隨後軍方決定收掉東引這座「怡春院」。一直到現在，怡春院都只是島上無法搜尋的隱蔽存在，連 Google 地圖都無法提供街景，路線指引也無法到達準確的座標位置。

一九五七年，設立性工作營業所的理由不是保障工作權，說白了就是假設男性官兵極大可能帶著惡意騷擾傷害居民。而且軍人的數量不成比例地多。

我從島上雜貨店的主人獲知了所謂官兵侵擾年輕女性情形的具象量級。他說每天早上，都會有大批信箋塞入門底空隙。沿街店家都有女兒，一早開門前，女兒們的父母親總是有「掃不完的信紙垃圾」。他的三個女兒最終都接受義務役士兵的追求，也可能是某種保守特殊的相親形式。東引島上的父母親們，實在勤勞，晨起清掃，擅自除掉了他們所認定的惡意與騷擾，自作主張地打點門面，做起生意，欽點女兒的姻緣與將來。

主人阿嬤把這段往事浪漫化爲懷舊記事，興致高昂跟我介紹每家店各有幾個女兒。然而她眞正想說出的風景，應該是這條舊街曾經熙來攘往，招牌大紅大紫，鄰里皆還安在，阿兵哥還會花錢來打撞球兼洗衣的熱鬧時光。

插畫●劉亦

## 東湧

芒草花滿山遍野
趕在端午之前自成一個季節
起得早的話，天光還稀薄
花穗如棉針，葳蕤紛雜，
流燦生輝。
南風起盛夏，
五節芒銀光熠熠，猶是羽翼
灰白花雪滾落谷窪
山丘的棱脊亦如此豐滿起來。

# 附錄

# 附錄①　讓當兵這件事情眞正變得有意義

如果你也好奇，江旻諺爲什麼會成爲一位（如他所自嘲的）「愛國心超過軍隊平均太多」的二兵，這篇訪談或許可以提供一些解答。

**問：先跟我們聊聊你的家庭背景吧？你來自怎麼樣的台灣家庭呢？**

**江**：我們家是在台灣中部做修車廠的。我爸是那個年代很典型的台灣人，他的原生家庭並不富裕，十四、十五歲就要出來做學徒賺錢養家，用微薄的薪水付自己的生活費、兄弟姊妹的學費，還要照顧媽媽。

我想，對我爸來說，可以跟我媽結婚，成立並維持一個完整的家庭，家人沒有四散，家庭沒有破碎，小孩子也沒有走上錯誤的道路，是他人生最快樂的事情之一。我看到他很拚命地去維護這件事情。

我是家裡的老大。就我所知，從我出生前到大概三歲左右，是我媽和我爸最認眞賺錢、存錢的時期。他們努力賺錢，希望能夠購買一間小公寓，至少讓他們的第一個孩子，也就是我，不必住在工廠裡面。我出生以前，他們是住在工廠上面鐵皮搭建的二樓，就像很多當時的台灣家庭一樣。

爲了買下那間小公寓，據我媽的描述，我爸每天早上七、八點起床，工作到晚上兩、三點才休息。反正工廠在一樓、睡覺就在二樓。對他來說，如果這樣拚的話，一個月的營業額有可能達到近百萬台幣，扣除包含師傅薪水在內的固定成本後，利潤甚至有時能達到將近二十萬，還是相當不錯的。

但這是一種很嚴重的自我剝削。所以這樣的工作節奏持續三、四年後，他的身體就垮掉了。在我小時候的回憶裡，他有一段時間都在休養，後來才重新回來工作。回來工作以後，因爲身體健康的關係，沒辦法再這麼拚，也不再請人幫忙，收入就不算是那麼好了。對我們家來說，還是一段滿辛苦的日子。

**問：爲什麼高中畢業後，會選擇去香港讀書？**

**江**：我在高中的時候，大約二〇一二到一四年間，會透過主流商業媒體——例如《天下雜誌》、《商業周刊》這類——接觸到一些想法，那種想法主要是說大中華地區有很好的教育選擇、北大清華這些學校的優點等等。

現在回想起來，這段時間正是北京奧運後，中國開始對外展示繁榮的時期，人們普遍對中國崛起抱有樂觀的態度。這些新聞、訊息讓高中的我相信，北京是全球化的一部分，如果到北京去，會比在台灣更接近全球的核心。當然這是一種很菁英的想法，當時的時代氣氛，也或多或少助長我形成這種感覺。

但就在同一時期，台灣也正經歷著馬英九政權的第二任期，期間台灣社會運動風起雲湧，我也接受到了這些資訊。我會跟同年齡的人討論台灣獨立、中國威脅這些話題，我內心也曾想過，如果眞的去中國讀書，不知道會發生什麼事情？我心裡也很清楚，就算我選擇去那邊讀書，不代表我想成爲中共的一分子。

這些想法或許聽起來有一點矛盾，但都存在我心中。

最後，我報名了幾間學校，其中有香港大學，也有北京大學。因爲我學測七十五級分，大概二月塡完線上申請表以後，港大就主動聯繫我、沒多久就發了錄取通知。其實我當時對於港大經濟系沒有太多概念，只是覺得「去香港唸經濟」聽起來好像不錯，就決定去報到了。

事實上，在那年的四月，我也收到了北京大學的通知，慣例上算是錄取了。如果當初眞的去了北大，我相信一切都會很不一樣吧。

**問：後來怎麼開始參與香港社會運動的？**

**江**：我上大學是二〇一四年，正是香港雨傘運動那一年。還記得我八月底剛到香港、搬進宿舍沒多久，九月第一個禮拜，大家就在討論罷課的事情。當時我印象最深刻、最衝最激進、發言也最多的，就是後來的學聯秘書長周永康。

其實，因爲當時我聽不懂粵語，所以根本不知道他們在說什麼。儘管如此，我還是常常去現場，有時候就睡在現場。我一直記得，九月二十八日那天，因爲前一天睡在街頭，實在太累，於是我跑回宿舍睡覺，沒想到當天，就是香港警察第一次放催淚彈的日子。

我後來也才知道，戴耀廷喊「占領中環正式啟動」的那一刻，我也剛好在現場。爲什麼到後來才知道呢？一樣，因爲我完全聽不懂。而且香港的抗議現場跟台灣完全不一樣，我一直繞來繞去找大台在哪裡，最後發現我無意間就走到了戴耀廷所在的那個位置。很多時候都是這樣。

當時我心裡就很想找個位置，參與香港的社會運動。剛好每年十月、十一月是港大社團招生的季節，我看到《學苑》的攤位，拿到他們的刊物，就去參加了他們的社團。一路從篩選、面試，到參與他們的選舉，最後選上了副總編輯。從二〇一五年二月到隔年二月，一整年的時間，都在《學苑》這個系統裡。

透過《學苑》接觸到的學長姊，很多都是後來大家耳熟能詳的名字。前面提過的周永康，還有梁繼平（編按：香港本土派學者、《香港民族論》編者之一）、袁源隆（編按：《學苑》前總編輯）這些學生。跟這群人對話的時候，我們試著用理論去解釋當時的社會前景，彼此對這些討論是很有共鳴的。

《學苑》發生的幾次事件，例如梁振英批評我們關於「香港民族論」的文章，我也參與其中，要一起對這件事情做出回應。當時的情勢，讓我實際參與到香港政治的攻防，我感覺得到香港氣氛慢慢在變化。

後來，因爲梁天琦（編按：香港本土派政治人物、社會運動者、本土民主前線前發言人，曾主張推動香港獨立運動，並提出「光復香港，時代革命」等口號）的出現，他某種程度上凝聚起很多學生會、《學苑》的幹部，大家變成他的競選團隊或志工，讓我們那幾屆前後的《學苑》幹部也相對團結。

我在那個當下，算是經歷了一種時代現場吧。但說老實話，我一直到天琦出來選的時候，都還不算非常熟悉粵語，可以大概聽得懂，但理解得還不夠深入。直到有一次，已經是天琦參選之後了，我跟大家去吃飯，發現「我可以聽懂粵語笑話了耶」，才確定自己算是學會粵語了。

這不代表我不了解當時運動與政治上發生的事情，《學苑》跟我討論都是用華語進行。我當下可以有很深刻的體會，也能回顧後來到底發生了什麼事情，我也完全有在議題脈絡裡面。但因爲語言的關係，我不會很在運動的「情緒」裡面，誰跟誰的恩怨這種事情，進不到我的情緒界線裡面，我也不會去介入，這是一件好事。

**問：港大畢業後，你馬上就回台灣了嗎？當兵前在做什麼呢？**

**江**：回台灣以後，我到清華大學社會研究所念碩士。長期來說，我還是希望在學術界發展，但我在香港大學的GPA並不好，原因也很簡單：我一開始的英文眞的太爛了。

還記得我在港大最開始修的一堂課，老師出了一個回家作業，大概需要寫六百字的英文報告，我寫我家庭的階級背景，最後拿了C-。我自己很清楚，我那個英文眞的不能看。其實我已經有相當的心理準備了，並沒有不開心。我並不是那種在家庭裡準備好英文能力才出國的人，我其實到今天講英文都很土，我自己知道。

總之呢，我在香港的學業成績並不算是非常突出，如果要直接申請歐美研究所的話，我又要在香港多待一年，但我沒有那個錢、也不想跟家裡拿錢，我在香港完全是靠獎學金過生活的。獎學金花到最後要離開的時候，我的戶頭只剩下幾百塊港幣。我在香港的最後一年，住的是那種劏房，位在港大附近西營盤那邊，整個房間比我台中房間的廁所還小，沒有窗戶、沒有冷氣。因爲沒有冷氣，所以我盤算好，只要在夏天之前離開香港，就不用再開冷氣了。所以我一定要在夏天之前離開。

二〇一八年回來之後，台灣也起了很大的變化。那一年九月，我開始在清大唸社會學與中國研究雙碩士。我想唸的中國研究跟傳統那種不太一樣，傳統中國研究偏向處理中國內部變遷，但當時整個地緣政治的情勢慢慢在轉變，學界也有一個轉向，開始處理中國影響力的問題，談中國如何影響周邊國家。我回頭看，發現這是我去香港唸書那幾年才慢慢浮現的一個趨勢。

在這時候我輾轉認識了「台灣經濟民主連合」和賴中強律師（編按：現爲台灣經濟民主連合召集人），開始替台灣經濟民主連合工作。就在那一年底，韓國瑜當選，台灣社會開始討論「亡國感」議題，第二年，也就是二〇一九年，習近平提出「探索一國兩制台灣方案」，年中香港爆發反送中運動，很快我就參與進組織台灣公民陣線、寫稿、回應亡國感等密集的工作裡面。

簡單來說，我碩士班的研究主題，也是一路被這個過程影響。我也會跟吳介民（編按：台灣政治學學者，現任中研院社會學研究所研究員、經民連對中政策組召集人）討論我的題目，吳介民是政治學訓練出身，專長議題是地緣政治、國際關係，探討在美中對抗的框架下，台灣該怎麼思考當下的局面。

在去當兵之前，我大致已經決定了，未來一年的研究題目會往中國 AI 晶片的發展、應用與管制方面延伸。

**問：到東引當兵，是你抽籤抽到的、還是自願的？爲什麼會想要自願去東引當兵呢？**

**江**：其實一開始預備要下部隊、抽籤，宣布說這次有「東引」名額的時候，我還以爲是「東沙」（編按：位於南海，距離高雄市四百四十五公里，約略位於台灣與海南島之間），後來才發現是東引，哈哈哈！可見我們對馬祖有多陌生！

其實就算是東沙，我也滿想去的，但最大的問題是，我本來預計每週都要用電腦處理工作，我不確定東沙到底有沒有網路、能不能帶電腦。後來發現是東引，還先上網查了一下東引的情況，也問了學長陳廷豪（編按：現任民主進步黨連江縣黨部執行長），確定可以上網工作以後，我就自願說要去東引了。

讓我下決定的其中一個原因，其實也還是跟賴中強律師有關。記得賴中強律師有一次去馬祖，他在臉書上貼了一張在「國之北疆」的照片，他說，這個國之北疆的「國」非常有趣，因爲如果按照中華民國《憲法》，國之北疆應該在外蒙古唐努烏梁海的薩彥嶺脊，但實際上，中華民國現在只控制台澎金馬。他用這個去談我們的《憲法》與現狀的落差，以及種種需要解決的議題。

他那篇文章讓我印象非常深刻。對我來說，某種程度我也同意他的說法，就是雖然我們《憲法》自有另一套說法，但台、澎、金、馬所構成的共同體，已經透過民主程序，讓我們有一個形成共識的機制。我們通過投票，去形成共同體的邊界，票選自己的總統，這對我來說，是很符合直覺、也很有說服力的方式，也就是透過民主實踐來確定共同體的成員。從這個觀點來說，馬祖東引的「國之北疆」碑是很有意義的。

**問：你在日記裡面寫到，要來驗證當兵到底有沒有用？現在覺得呢？**

**江**：當然是沒有啊。例如打靶這件事，如果順利按照原訂計劃，我的四個月兵役期間，至少會有兩次打靶跟一次射擊模擬。

射擊模擬那一次（編按：請見一三〇頁），職務代理人沒有安排好鑰匙，所以連教室門都打不開，大家直接回去掃地。

至於兩次打靶，其中一次，我們單位原本沒有安排，是特別為了讓我們嘗試，所以併到別的單位去打靶。或許跟我的反映也有關係？我就一直跟班長們反映「我想打靶我想打靶」，一直講一直講，連長後來就真的安排我們去了。

但最後結果，我日記裡也有寫到，就是年輕的排長有點太沒經驗了，所以沒在靶場安排警衛。因為東引那個靶場，如果開始打，要有人在另一側管制人車，不然會打到路過的老百姓。那因為排長沒有事先安排好其他人去管制，像我們這種小兵，又被叫去現場管制，所以我又沒打到，但其他弟兄有打到。

所以整個在東引的軍旅生涯，我總共只打靶過一次（編按：請見一六三頁），總共三十六發。

我之所以一直要求打靶，是因爲蔡英文之前的政策有承諾，說二〇二四年開始，義務役恢復一年以後，可以讓每年每人的打靶數量達到一千發，平均下來一個月應該要接近一百發。我就想要算算看，到底下部隊以後有沒有達到這個數字？結果就是三十六發。

其實，我在軍中感覺到的，是這些幹部人都很好、很熱情，很願意教我們東西。唯一一次打靶練習的時候，因爲班長一個人只需要帶四個人，他狀態就很好，很願意把他會的東西傳授給我們，沒有不耐煩，看起來很開心，指導得也很仔細，我覺得這應該就是一個比較理想的狀態。

回過頭來看，我是在思考「軍事訓練」到底應該怎麼做。如果要談更大的戰略、軍事採購這些事情，我不是那麼懂。但純就軍事訓練來說，其實訓練、帶新兵是一門專業，就我經歷的訓練來說，如果把義務役期間的課程，用我們平常課程設計、教案設計的觀點來檢視，它是一個失敗的教案，執行起來也很不徹底。

到東引下部隊之後，我知道他們有排一個課表要來訓練我們。理論上是有安排的，今天練搏擊、明天練傷員救護、後天要練什麼什麼，但最後執行起來完全沒照課表走。就算想照課表走，也找不到可以帶的人。

譬如說，我文章裡面也有寫到，我一直說想要練近戰格鬥，我想練的原因也很簡單：這也是蔡英文承諾的國防改革項目，我想總統說到了，（國防部）就應該要做到。但最後也就像我寫的內容一樣，存在連上師資不足的問題。一開始教練班長請假，後來等到他收假回營，我們才順利練到。有專業教練可以帶，其實感覺就好很多，是真的可以學到東西。

但我後來私下也聽到，要成爲教練，還得額外去上課，我認識的很多人私下都覺得很煩，不是很想成爲教練，部隊只好用抽籤決定，大家也不是很想被抽到。教練人數不足的時候，就會發生「新兵想打也沒有足夠的教練可以跟你打」這類的窘境。

這樣的情況，我覺得不能歸咎給單一個人，這是整個系統的問題。這個系統要不要眞的把「訓練」義務役當成重要的事情來看待？所謂的訓練、教學，眞的是一門專業。能力最好的人，不一定最擅長教學。

就像學術界會討論，要不要把教授分爲研究型／教學型一樣，有的教授學術能力很強、論文一直發，但他不是那個最適合帶學生的人；反過來有些教授研究能力沒有那麼突出，但很有耐心、很知道怎樣讓學生學到東西。我覺得未來我們也應該有這樣的思維，軍隊訓練的品質才能眞的有所改善。

在我看來，未來的軍隊訓練，其實也不用去觸碰太多國家認同問題，就以中華民國現有的基礎來看就可以了。現在中華民國國軍的基礎，還是一支反共的軍隊。我們以這爲前提，建立一套對軍人的職業、專業認同，這個核心一定要有。

把軍事當成一種專業，把軍人當成一種值得認同的職業，義務役男不管是來四個月也好、一年也好，我們一定可以讓你學到東西，而且只有我們軍人這個專業能讓你學到，你在外面是學不到的。如果能有這樣的自信，就太好了。

要做到這種境界，需要很多條件，就是要把整個訓練的細節都設計好。每一個課程，它的目標是什麼？每一次訓練的細節，究竟要讓軍人學會哪些事情？每一個動作，是否符合一開始設定的目標？

而且軍隊要面對的役男，遠比一般公司、社團都更複雜，是全台灣的屆齡男性，各式各樣的人都有。有些是入伍前已經有工作經驗了，有些是走跳江湖已經很有自己一套了，有些眞的是社會邊緣人，有些是很自負的高學歷畢業生，有些甚至薪水都比職業軍官高很多了……要怎樣去管理這些人、讓這些人服氣？傳統上，會說是「帶人帶心」，但有沒有一個現代的、專業的方式來管理這樣的組成，讓役男們都能在役期裡得到合適的訓練？

再更延伸一點說，其實這樣的觀念，也應該延伸到民防來。把軍隊以外的民眾動員起來，給一系列有效的訓練課程，讓他們清楚知道，萬一戰爭來臨，自己到底應該要去哪裡、該做什麼、能做什麼。我想這是很多提倡民防的專家已經在建議的事情，但我想這跟我剛剛說的軍隊訓練課程，也應該結合起來。

像現在，關於戰爭來臨的演練，我在四個月中，也只經歷過兩次，而且是比較隨機的談話，例如長官要我們去練習想像並做好「心理準備」的一種叮囑，跟正式的模擬演練，還是滿有一段距離的。

就光是訓練這件事情，如果能做起來，才能讓當兵這件事情眞正變得有意義，也讓我們更知道怎樣去面對戰爭吧！

# 附錄② 台灣義務役役期變革

- 1949 陸軍兩年、海空軍三年
- 1967 陸軍兩年、海空軍三年、陸一特三年
- 1987 陸海空軍兩年、海陸三年（陸一特廢止）
- 1990/07 兩年（不分軍種，下同）
- 1999/07 兩年（軍訓成績可折抵役期，高中職畢業十四天，大專畢業二十八天）
- 2000/01 一年十個月
- 2000/08 首次徵集替代役

2004/07 一年八個月

2005/07 一年六個月

2006/01 一年四個月

2007/01 一年兩個月

2008/01 一年

2013/12 九九四年一月一日起出生者，服四個月軍事訓練役

一九九三年十二月三十一日前出生者，役期維持一年

2018/12/26 最後一批一年制義務役退伍

2024/01/01 二〇〇五年一月一日起出生者，役期恢復爲一年

資料來源：《中央社》

假如戰爭明天來：我在東引做二兵

作者｜江旻諺
封面設計｜ Tsenglee
內頁排版｜青春生技
責任編輯｜何欣潔、歐佩佩

出版｜離島出版股份有限公司
總編輯｜何欣潔
地址｜ 108 台北市萬華區中華路一段 170 之 2 號 1 樓
網址｜ offshoreislands.online
電話｜ (02) 2371-0300

發行｜遠足文化事業股份有限公司（讀書共和國出版集團）
地址｜ 231 新北市新店區民權路 108-2 號 9 樓
電話｜ (02) 2218-1417　傳眞｜ (02) 2218-1142
電子信箱｜ service@bookrep.com.tw
郵政帳號｜ 19504465（戶名：遠足文化事業股份有限公司）
客服電話｜ 0800-221-029　團體訂購｜ 02-2218-1717 分機 1124
網址｜ www.bookrep.com.tw
法律顧問｜華洋法律事務所／蘇文生律師
印製｜中原造像股份有限公司
初版一刷｜ 2024 年 2 月

定價｜ 350 元
ISBN ｜ 978-626-98329-3-4
書號｜ 3KIT0002



國家圖書館出版品預行編目 (CIP) 資料

假如戰爭明天來 : 我在東引做二兵 ／ 江旻諺著 . -- 初版 . -- 臺北市 : 離島出版有限公司出版 ; 新北市 : 遠足文化事業發行 , 2024.02
212 面 ;14.5x20.5 公分 . -- ( 島語 ; 1)

ISBN 978-626-98329-3-4( 平裝 )

863.55　113001359